and once and

once.

# 明天還能見到你嗎

## You only live once

許瞳

# 目次

# A for after life

# B
## for bedrooms

# C
## for crossroads

# P'

## for (post-) pandemic

# 推薦序

# 獨生女入世

作家　許菁芳

讀許瞳的最新散文集，感覺有點朦朧，有點勇氣，也有點喜悅。作者將這第三本散文集定位為「現在進行式青春三部曲」的最終部，從高中青少年的《裙長未及膝》，到大學新鮮人的《刺蝟登門拜訪》，再到這本離開校園逢大疫的作品，確實可以讀到一貫的青春氣息，但也清楚見證少女成長的軌跡。在我讀來，《明天還能見到你嗎》是更加貼近、揭露作者自身的作品，而這裡所收藏的文字，捕捉了許瞳做為獨生女的天寵嬌憨，也捕捉了她初入社會的挑戰與重構。

做為讀者，我感覺本書之編排是愈讀愈親近，文字的能量是愈往後愈清晰。這或許是編排細心，也可能是無意巧合，但總之閱讀經驗映了本書記錄的青春過程。我們每個人的人生都是愈走愈清晰的——清晰之意，未必是明白了什麼，通常是接納自己不明白什麼，而願意肯定自己手上所有。我特別喜歡的篇章，無論是寫實或虛構，或兩者交織，都可以讀出作者真實活過的痕跡。作家王宣一曾在《國宴與家宴》裡轉錄英國食譜作家伊麗莎白・大衛（Elizabeth David），說人人都知道只有一種方法可煎出完美的蛋卷，就是自己會的那一種。我感覺文字也是如此，人人都只知道一種寫作的方法，就是他會的那一種；而文字力量的來源更是如此，每個作者也都只知道一種召喚文字魔術的方法，就是自己用心寫的那種。許瞳的異鄉生活，無論是生病或者做菜，都有真誠的能量；許瞳寫人物，無論是旅日或旅美，都有折射出來的體悟。所以好看。

我也喜歡許瞳往內挖掘自己，展現獨生女的美好。全書談爸爸媽媽多次，爸爸丟沙發倒垃圾教做菜，媽媽帶雞湯陪流淚分享寫作目標，爸爸媽媽喜歡看《怦然心動的人生整理魔法》，爸爸媽媽會帶食物飲料來餵食，在喊痛的時候蜂擁而上給愛。是因為獨生女被愛，被當作世界的中心，所以入世時，世界的排列組合令人感同身受——長大的體悟很奇異，人突然意識到自己不再是世界的中心。但離開世界的中心之後，一場探險正要發生。於是少女（或少年）跨越邊界，開始測量自己與世界的距離，打造自己的祕密基地，並評估、最終認同自己新的位置。許曈身處旅英台灣人之中，發現了自己生長出不一樣的定位：「大概也像路邊攤的三色蛋，或者排骨飯附的醋醃小黃瓜，不是倫敦歷險記的主人公，卻至少能當個炒熱氣氛的小配角。」

從世界的中心到炒熱氣氛的小配角，這是很大一步。若讓我說，我是覺得，沒有出色的醋醃小黃瓜，再好吃的排骨飯也終有遺憾。人生若要自立，到不惑，甚至知天命，那都是不斷認識自己是小黃瓜、是番茄炒蛋、是三色豆，或者是炸排骨、滷排骨、糖醋排骨，甚至是蘿蔔絲餅，水餃，還是牛肉麵。悲劇是認不清自己是配菜、主菜、小點，還是附餐飲料。悲劇也或者是，當你是獨立品項的水餃，你誤以為自己一定要跟著牛肉麵才有前途。而喜劇是無論自己是什麼，都欣喜抱團，共同成就別人生命中美好的用餐體驗。

做為共享相似生命經驗的「前・少女」，再讀我也曾經走過的街區與路徑，以及再反思曾經流離的異鄉都會（島國的女兒前往megacity都是一場脫皮蛻變），我感覺到多重宇宙，以及多重宇宙的重疊。不只是我，眾人都曾經是少女入世。少女入世的宇宙看似只一個，但幻化出去，也是千千百百種。幸好這世界很大，不僅容納得下所有少女的宇宙，也歡迎千百種少女宇宙。

祝福許曈的宇宙盛開，所有次元皆閃亮。人人都是老天的寵兒，而獨生女尤其是生來要獨享眾多關愛、焦點與美好。帶著這樣的美好入世，還有很多創作等待發生。

# 自序

我從前沒有想過，故事經常不是從頭開始的。論文的概要、書本的序言，甚至電影的開場鏡，通常都是素材完成拼貼與修剪後，才回頭綴上的開場。以前我多麼受故事裡的秩序與連貫所感動，長大嘗試寫作後，才發現文學往往是偽裝成伏筆的事後諸葛。但我知道這不是詐欺，是作者唯一能對時間做出的小小反擊。

如果這是場復仇，我想了解散文是什麼樣的道具。

在倫敦認識了一位小說家，她的繼子在十八歲的某個如常放學後，和朋友去炸雞店耍廢，卻在店門口捲入幫派械鬥，無故遇刺身亡。那之後她開始猛寫懸疑和犯罪小說，不是為了 poetic justice，而是想「把生命一切困惑都寫開」，從各種角度重返現場。作家在小說裡就是神，創造小小人演沙盒遊戲。相對地，散文家是自導自演，在自己的房間裡剪輯塊狀時間。

殺時間、殺仇人，紙上談兵再自刎；不寫的時候就製造問題，然後解決，撰寫結案報告。有時我以為劇情得要推進，生命才會持續。但這可能是因果倒置。才剛開始寫作時，媽媽曾經對我說：「第一本書表示你能寫，第二本書證明你願意寫，第三本書以後則要回答你想寫什麼。」我像在駕訓班考場內和路駕，一心一意要通過前兩關，謹言慎行左右查看，等到跨越再寫一本的關，拿到虛擬的駕照，才發現路上交通一團混亂，我也沒有想過接下來要去哪裡。坐在悶熱的駕駛座，我打開新筆記本的第一頁，什麼事情值得寫？散文是一種將人與作品擺得很近的文體，黃麗群說是「普通，然而貴重」。無非是人存在的最佳狀態。什麼樣的人值得活？

可能是受過苦的人、為某種技藝奉獻一生的人，兩者的交集才有資格寫散文？所以我默禱，蹲低才能跳高。寫完第二本書的二十歲，放下紙筆出社會，去求職再失業、去戀愛再分手，延畢時申請研究所，過一個階段就搬一次家。我的問題都是自找的，事還沒做完就在想等等要寫什麼，結果歹戲拖棚，瘟疫從四面八方襲來，稿子和案子都喊卡，給我回去你房間。

我們在家工作，蹲太久直接躺平在地。躺在房裡的時候，記憶才開始返潮，壁癌碰一下就剝離，露出當時晦澀的塗鴉。放了一陣子的符號現在可以編故事，我終於打開電腦，開始組織二十歲以後的田野筆記。這幾年我有了討厭的人可以原諒，有了親愛的人想要迴避。這些都是成長，知道愛與恨是一體兩面，知道生活不是寫作的材料，但寫是我活著的證明。散文是我的器官，儘管它們在作用時並不知道彼此的功能，現在我只需要小心地把四散的拼成一具身體。

換句話說，你手中這本裝訂整齊的書，就是這幾年我記憶的縮影。她直到此刻才將擁有名字、第一次看鏡子裡的自己。

命名之前，得先要整理，把作品和自己抽離開來，加上追蹤修訂。寫新稿子不難，耗神的是修改舊檔案，讓敘事風格維持一致，還原故事時間，最好還能相互呼應。在這本書的寫作期，我活在瀏覽紀錄裡，記憶跑馬燈像螢幕錄影，在交叉比對手機備忘錄、相簿照片，背景循環播放狗博士（Dr. Dog）的〈*Where' d All the Time Go?*〉。然而計畫時常趕不上變化，還沒寫完心儀團體的成長故事，他們就不歡而散。我於是刪去魯莽的形容詞，再把黑名單上的人名都「馬」掉。完成以上作業，天都已經亮了，人們紛紛回到街上，話題在補完之際就過時了。我把「昨天、這幾天」一一置換成「去年、第一次」，過去式多了一些優雅、少了一些驚喜，但可以把傷害盡力降到最低。無限感慨，我竟然是這樣理解故事並非線性，繼而戒除進行式的寫作。

寫到這裡，外頭的人第一百次敲門問，你好了嗎？我整理檔案夾、拔出硬碟，無論如何，至少我準備好講這個故事了。但在排版裝訂前，我想先去找這故事裡的其他人，徵詢他們的知情同意。

於是我久違與朋友們單獨約見面。脫口罩、喝咖啡，我們其實才隔一下子沒看到彼此的臉，見了面總是很急又害臊地問你那邊怎麼樣。我想不出什麼好答案，很多大事情發生得太快，咻一下膨脹又爆炸像沒有過一樣，眼睛卻花花綠綠很多殘影，被問也不知從何答起。只好遞出文章，請他們幫我看看。

很多文章一開始是做為情書寫的，事到如今卻變成道歉信。很多人看哭了，說我不寫他們早就忘記了。哭完一半人氣得走了，道歉有用的話，世界上還需要警察嗎？另一半人笑著抱我，如果記憶靠譜的話，世界上還會有作家嗎？他們認真替我查核事實、補充想法，沒有人試圖阻攔。無論讀了文章是哭是笑，我們各自的喜憂都依然只能是自己的。故事之外，時間仍然繼續。

文學不能助人找到真實，只是打出一把鑰匙，重返當時其中一人的房間。在這個故事裡，鑰匙通向我這版本的世界。如果你順利登入，我會在裡頭歡迎你：幸會幸會，很高興你發現這本書。這是一份網路原生世代穿越虛擬、踏出房間、回到真實世界的觀察報告，形式是散文，而觀察對象是我自己。雖然說的是我的故事，但既然我們極大可能共享同個場景（二〇二〇後、疫情、混合情境），或許你也會從中看見自己。

在我們一起出發，穿越前方已知的冒險前，我也想告訴你，在打開門之前，故事總是一團混沌的。身處時間之中，誰都會感覺滿身泥濘，但是如果繼續下去，總有天當我們離開這個維度時，就能看見自己描摹的符號，然後為之命名。大多時刻，我只是相信著、為著見證這樣的時刻而書寫。

至於我想像的符號？如果可以賦予我的散文一種形狀，我希望它是俄羅斯方塊裡的「S」字形。

你不會希望它剛開始就掉下來，因為它會在第一排留下一個難看的空格。但當方塊積了好幾排，它卻能轉來轉去填補邊角的縫隙，一口氣消去兩大排，並留下頂端一顆小方塊，像在提醒它曾來過。時間會持續堆積，改動一切的形狀，「S」字偶然出現，清除所有暫存，讓記憶在消失前顯現一切意義。

對我來說，散文大概就是這樣的東西。

# A

A for after life

# 生活守則

一個好日子得要層層把關
一個壞日子只要副壞掉的耳機
生活其實不難　活著才難
只是多數人活著而不生活
而生活的人往往不再活著。

生活是與生命搏鬥，而不忘記去活

賺錢買新衣，至少一週要洗一次衣服
如果忘記吃飯，晚上去咖啡店點一盤水餃
做了惡夢的晚上，停止思考哪些人離開腦海
喝了水就可以醒來

不會打電動的人可以看遊戲實況
不會唱歌不如聽聽音樂
我們無法做到所有的事情
只要不忘記　做不到的事情正有人替我們做
學會愛不完美的自己，感謝老天賜你叢生的體毛

告訴自己死只會有一次，在那之前都是騙你的
天旋地轉時默唸自己的名字，
除了自己誰還能撫摸你呢？

沒有人喜歡可惡的人
但可惡的人也不喜歡你
所以你要搶先喜歡上自己　這樣你就不可惡了
如果今天過得很糟
抱怨沒有關係，但要記得凡事總會結束
可以期待結束，不過不要停止生活。

# 我們的海豚飯店

我們活在一個沒有人會離開的年代。

二〇二一年六月五日是原訂的大學畢業典禮，連日大雨加上三級防疫隔離使計畫取消，在這重要的一天，我如常關在房裡滑手機。為了應景，我想找張去年秋天時，與友人穿學士袍在圖書館前拍的合照，卻想起冬天換了手機後，相簿裡關於大學四年的照片一張都不剩了。發文未果，消失的畢業典禮也錯過，腦裡的傳鐘敲響，長達十六年的學生歲月便要無疾而終。

於是我打開大學摯友的LINE群組牢騷喟嘆，半夜一點，四散各個縣市的友人恰好也熬夜在線。友人A傳來我們用舊手機拍下的合照、友人B關心我資料是否記得隨時備分。我感謝他們即時送暖，恢復理智後，想起刪除的照片其實並沒有消失，只是為了不占手機記憶體，上傳到一處隱密的雲端資料夾裡，並且除非天塌地裂，將於世界某處的龐大機械裡持續存在。

科技讓疫情時代下人與人的連結不生裂，半夜一點，我們一群好友打開網路虛擬辦公室Gather Town，鬧著要替自己舉辦線上畢業典禮。我們為八位元虛擬角色戴上迷你學士帽，在螢幕上載歌載舞。他們告訴我，雖然沒有畢典，倘若彼此想念，只要開啓視窗便能重演無數次道別場景。青春歲月活在雲端，凡留下痕跡的必能復原，無所謂天人永別。

然而，無所謂天人永別的世界，時間反可能失竊。倘若消失的東西總會有人替我們記得，那麼我們會否仗著記憶的永存，而丟失切膚感受的時機？結束Gather Town上的視訊畢典後，遠在南方的友人L突然傳來訊息：「我們會不會從此以後再也見不到面了？」隨信附上的是四年前我們初遇不久時，在「海豚飯店」拍下的底片。那裡曾是一切故事的起點。

＊

「海豚飯店」是一位師大附中學長經營的酒吧，取名自村上春樹筆下的一間架空旅館。海豚飯店開在學校附近的一間舊早餐店，大學中輟的年輕老闆經營酒館兼複合空間，那裡總是聚集著精通占卜演奏、各式技藝的非主流大學生，相對於台大校園內莊嚴筆直的椰林大道，海豚飯店不僅充斥各式品味獨到的文學與音樂，混沌的空間更易於大學新鮮人的我們想像未來。

大一期末那陣子，城南連日細雨，我們三不五時冒雨騎腳踏車，沿霖澤館駛離公館，越過高架橋下的車流，迎著和平高中背後的暮靄，前往臥龍街上的海豚飯店避雨消磨時間。只要背對貼著門陣俱樂部與披頭四海報的牆面，在擺滿松本大洋漫畫《乒乓》、《新編西洋哲學史》、村上春樹小說的吧檯前坐下，就能以兩杯摻了果汁汽水的調酒釋懷前一天考砸的語言學小考，鬆口漫談高年級的理想模樣。漆著海豚壁畫的酒吧閣樓就是我們宇宙裡的天房：友人E在此宣布了他雙主修戲劇的決心、S則透露自己投身語言治療的想望。儘管未來一直來一直來，能在此發願的我們即是永恆——十九歲的我是這樣認為的。

永恆確實存在，可是當人生的地圖隨著時間寬敞起來，我們終究發現視如珍寶的事物總會被更新奇的挑戰取代，宇宙膨脹、我們相互遠離。經歷大一整年的發願後，我們一群朋友各自考取雙主修、找到研究室與企業的實習工作，與不同的朋友上不同的酒吧，談論比以往更深刻而單一的話題。我依舊珍惜於海豚飯店久聚的夜晚，卻愈發感覺成長痛過後彼此的話不投機。不變的空間如同我們的群組聊天室，顯得有些狹小，卻沒有人狠心下線離開。

大二那年，海豚飯店因租約問題短暫關閉後，又於溫州街重起爐灶，我們以此為話題，久違地相約新址、見面更新彼此近況，但在過於明亮的新空間裡，當年的魔法卻再也無法重製了。海豚飯店依舊是椰林新人的青春場景，孵育著二十歲少年的想望，只是依約於自己的道路上前進的我們，儘管帶著悉心保存的記憶重聚一堂，仍無法回復當年的儲存狀態。我們緬懷當年簡陋的布置、在學弟妹身上瞥見當年愛吹噓的自己，飲盡最後一杯伏特加調成的甜飲，再也不曾重訪海豚飯店。

前陣子我聽說，海豚飯店也從溫州街上消失了。拒絕思考世界是否一如往常，我選擇繞路而行。

*

原來，持續存在的地方，也可能再也回不去。

直到被爆發的疫情趕出校門，我們才終於翻開相簿，惦記起溫州街上的小酒館以及遠方的友人，而我則察覺自己大學四年來都在與時間賭氣。並不是沒有想過要把青春場景摧毀殆盡，以換得活著的暢快：曾經從喜愛的文學作品裡，讀到師大公園關閉的傳奇Live House地下社會、紐約藝術家們棲居的廢棄公寓切爾西旅館（Chelsea Hotel），信以為事物非得要到消失之後，才會顯得燦爛。

可是快樂並不該仰賴悔恨的襯托。多數時間，我忙著與過往記憶藕斷絲連、對未來疑神疑鬼，而沒能珍重活在當下。面對友人L那從此再也無法相見的疑問，我竟無法斷言反駁。網路世代的我們不可能在彼此生命中就此缺席，然而現實世界裡，卻可能因通訊軟體編織的蟲洞掉以輕心，錯過了彼此離航的訊息。

其實記憶就是我們的海豚飯店，即便永恆存在，也可能因棄守而不得重返。隨著友人E與S趁著酒酣耳熱發下的誓言一一成真，我見證無可厚非的年少瑣事成為靈魂拔芽的根基。大學四年，我們學會在生命的土壤上大興土木，俯視所來徑，才發覺最初的基地已堆滿透明的事件，淪為無法容身的空屋。

村上春樹的《舞・舞・舞》裡，當主角擎著人生課題，重訪海豚飯店裡、曾經預言尋羊冒險記的神祕羊男，羊男卻說：「我所能做的只有看守這裡，把各種東西幫你聯繫起來而已。」記憶只是奠基於真實場景的超連結，不因轉送而更新，而是仰賴人們的時時重返。

打開與友人L的聊天室，我回信給她，無論虛擬世界如何竭力重製校園生活、所愛的場景如何被搬上雲端，從今以後的世界也再也無法複製出曾經的我們。沒有人離開的年代，時間依舊沉默前行，但也正因如此，我們成為記憶之屋的鑰匙，只要重聚一堂，便能使封塵的世界暫時重新轉動。

我們的海豚飯店未曾消失，只要不怕被時間的鐵鏽沾染雙手，我知道只要伸手拉起生鏽的鐵門，儘管魔幻時刻無法重演，那座十九歲的基地依舊會映入眼簾。

# 實實踏入，穩穩走出

大四的第一個星期結束了，氣象預報宣告假日橫掃的鋒面，將會趕上隔週秋分的腳步，既沒玩水也未遠行，季節仍舊宣告結束。回到占據生活本位的校園，同一條路上多了些閃亮的新面孔、歸返的人群則更沒入背景色。空間會將居住其中的人包裹成相似的顏色。如何實實地踏入、靜靜地走出，帶著不同生命階段的顏色前行，或許是人生無盡的練習。

做為一個總是適應不良的人，改變對我來說是特別難受的事。「沒有什麼是不變的。」這句鑽研多年的話，到了今年的夏末卻突然成為一種祝福。同樣的場景在不同的時間，能夠養就不同的人。我猜想，這樣的想法是否也適用於人們自身呢？

同樣的人在相同的場景，可以捏就不同的時間。場景如黏土，趁著冰涼之際雕塑、回溫時結塊成形。時間成為杯盤，盛裝各色記憶、沾黏它們的汁液與氣味。如此一想，改變也不一定是痛苦之事。倘若軀體是一只泥偶，靈魂能讓我們保持潤澤，於是成為馬克杯、成為金魚缸、成為鍋碗。記憶只能對應相同容量的時間，或者說，每一天的我們就只夠遇見那麼多的人。那些人無法靠得更近、也不會走得更遠。

我無時無刻不對離開感到恐慌，正如四年前踏進大學校園時每分每秒感受的不安。或許真有所謂天命存在，導致我們再努力也不能做得更好，但曾經自上一個模樣拉扯而成的你，也不會因誤測而差遲。

所以實實地踏入：因為無論意志，每一次力量造成的凹凸總會經生活而產生意義。當時分來臨，深呼吸靜靜地走出：扮演過的角色無法絆住行進的現實，當時相仿的少年也會長成不同的大人。保管好某年某日沐浴的日光，便是形變之際能施展的珍貴魔法。

九月中旬，坐在騎樓喝完今年最後一杯西瓜汁，我也想哭喊耍賴、抵擋秋天。然而身體早倚住了下一扇房門，你要實實地踏進去，面對眼前的黑暗。然後一切會慢慢光亮起來，當下一道門又顯現，對著刺眼的白晝，靜靜地走出去。你身後的那個房間會妥妥地佇立在靈魂裡，凝結成生命的陶罐。

# 破盤迷因宇宙

幾週前是高中學妹沈小美生日，好友們在 Instagram 上發布為她精心準備的禮物：一段黑人猛男的慶生短片。猛男手舉機關槍、表演胸肌海浪，在鏡頭前一字排開，齊聲大喊標語：「台灣第一正妹，沈小美生日快樂！」小美閱畢立即轉發到限時動態，獲得無數好評、臉上有光。

生日是十幾歲少年展現身分認同與地位的重要時刻：二〇一〇年代流行文具店賣的綿綿兔玩偶，愈夯的妹子收到的兔子玩偶愈大隻；時間來到二〇二一年，最流行的禮物由實體轉為虛擬，迷因梗抖音影片更便於流出。

上網搜尋「黑人／猛男／生日祝福」，馬上跳出蝦皮賣場連結：「迷因破盤價：非洲惡搞唯一清流，黑人猛男祝賀。」價位按標語字數區分，最低只需四百五十元就能讓住在地球另一端（推測）的男子扭腰擺臀，商品一日內立即交件。

聽來瞠目結舌，但兔子玩偶與黑人猛男其實異曲同工：愈顯眼的事物愈有架勢，儘管招人耳目，至少還能打草驚蛇。心理學家表示，一生遇過幾個人，就有幾個社會我。自我表現是人之本性，身分認同也仰賴鏡中自我投射建立。青春在自媒體爆炸的時代，十幾世代「看自己」的時間少了，「看著別人看自己」的抽離視角漸增，標籤織成彩衣，近朱者赤。

讀作家蕭熠的中篇小說〈2042〉，談網路上的虛擬身分使身心分離，使用網路阿凡達（avatar）實行遠距生活過久，靈魂將逐漸脫離肉體而失根流離。但這或許只是X世代與千禧世代的反智發言，我輩依然肉身本位，將科技做為人性的表現方法；然而二〇一〇年代降世的Z世代生於網路的羊水，SNS早成為人格組成物。去年（二〇二〇）梅雨季景美女中大淹水，我十七歲的家教學生躬逢其盛，即時錄下校門口用課桌椅搭起的橋梁、畫面標注「景美河」。我對著手機大笑，問她上學幹嘛還忙著發動態，女高中生回應，值得紀念嘛，況且新聞都出來了，不發限動很奇怪。一個認真生活的人，個人頁面怎麼可能一片空白？

不發限動很奇怪，因為我發故我在，生在現下，更該懂得活在線上。社交距離至上的二〇二一，當個若即若離的透明人間更能如魚得水。社群除了拉升存在感，也有助形塑歸屬感：臉書社團「暈船勒戒所」迅速竄紅，真人真事提升速食愛情的故事性；Clubhouse神祕出現的「皮卡丘」房間響了一整晚的皮卡皮卡，男女老少集體共鳴。只是閉門端火鍋，也能成為YT一代男神。新世代少年不必耗神閱讀空氣，就能一鍵加入菁英同好會，社交手腕精益求精。

班雅明唱衰預言，當影音能隨簡單手勢來去生滅，靈光必將日益消逝。但我總相信生命不該仰賴靈光。能將千思萬緒化為電光石火的5G新世代，若能將語言建成日晷、凝視事件的背光無語處，方能在無所謂正確答案的世間，自無限多搜尋結果中尋找生命信念。

回到那段黑人猛男的破盤價迷因影片，不下數日，學妹個版便興起熱議：討論切角自移工產業、迷因文化到網紅經濟，議題如茶壺滾水高鳴不已，只一段十九歲的生日影片就能反射無限稜角。許多大人信以為自媒體終將使人自戀，但在青春期與SNS完全重疊的世界，個人即集體、集體即個人，學會隨網路聲浪漲退起舞，十幾世代的意識啓蒙早於父執輩，他們將靈光化為電光，也見證幻夢化為泡沫。我想起龐貝古城遺跡裡，曾豎立一道布滿塗鴉的城牆，某無名氏以大字刻上「SCRIPSIT QUI VOLUIT」（不管是誰，想寫就寫）。或許每隔一個千禧年，靈光終將消逝、黑暗必然崛起，但闇影之中火花交錯，或許只因一則不知名的網路迷因，新的宇宙維度將如是誕生。

# 俄羅斯方塊

沒有人知道究竟身處何處才叫深淵，而我常想痛苦不可量化。

感覺課業落於人後、缺席重要課堂報告、遭拒被分手、在柏油路上狠狠摔了一跤，每一種感覺都是平行且等重的。如此一來，停止說「沒關係」，或許是一種練習。

一旦停止說「沒關係」，身體的痛苦便會突然變得清晰，甚至過度放大。

前幾天我嘗試了抗拒已久的瑜伽。之所以抗拒，是因我總以為「看來痛苦的事物」才能使人成長。而瑜伽書上那些看似祥和的臉，使得這項運動從不在我的考慮之列（真是非常失禮）。

瑜伽課上，老師帶著我們做「快樂嬰兒式」：仰躺將脊柱與頭部平貼地面，手臂握住雙腿外側，展開腋窩，並嘗試將雙腿張開向外延展。聽來簡單，我卻發現自己仰躺時無法抓住雙腿。下身壓迫著的重力使我無法思考、只能勉強停在空中顫抖。

老師走到我身旁說：「要不要在腳底墊條毛巾輔助手臂呢？」

我說沒關係。

她聽了只是靜靜用毛巾扶住我的腳底，把支撐的力量交回我手中。

我以為毛巾會顯得示弱、使感覺麻痹。但握住毛巾的瞬間，大腿後側卻登時被拉得刺痛。輔助將痛苦移轉聚焦在特定部位，但在一陣空白的刺痛中，我的手腳卻默默找到了一處能打住顫抖的平衡點。

我的瑜伽初體驗，或許隱喻尋找生活甜蜜點之過程。快樂嬰兒式的失敗經驗，使我聯想到台大外文系二〇二一年的畢業公演劇本《*The Shadow Box*》，開頭引述的「悲傷的五個階段」（Five Stages of Grief）：抗拒（denial）、憤怒（anger）、討價還價（bargaining）、憂鬱（depression）到接受（acceptance）。堅信「看來痛苦，才能成長」，或許是因自己正值面對傷痛、名為「抗拒」的第一階段。我至今未曾想過痛苦是能被「接受」的，而憂鬱與憤怒更似乎不該存在。

我時常懷疑感受是否能稱作痛苦，因此說「沒關係」是我抗拒傷痛的方法。然而抗拒並不代表消失，反之亦然：生命所擁抱之物並不全然是柔軟的。因此，停止說「沒關係」後，或許我們將首當面對失敗所帶來的憤怒、自我辯駁，並墜入無法倖免的憂鬱，且無法預測會否迎接「接受」的那天。

停止說「沒關係」，或許能意外救自己一命，至少我是如此。

我的身體像個無法控制的未爆彈。當警報拉響、妄念來襲，身體會過度呼吸且全身發冷，嚴重耳鳴與心悸會使我癱倒在地，直到被送至急診室打鎮定吊點滴。即便如此，我總是覺得沒關係，不願透露狀況、甚至刻意獨來獨往。直到幾次於通勤路上嚴重發作、在路邊動彈不得，迫不得已下對陌生人出聲呼救，才及時得救緩解。

生活就像我所熱愛的俄羅斯方塊，痛苦是千奇百怪的彩色方塊，可以選擇一行行排列、即刻將之消去，亦可選擇大量堆積、一次解消。方塊堆得愈高、痛苦的囤積速度可能加速。我屬於崇尚後者的玩家，用「沒關係」快速略過不合拍的片段，直到某個無關痛癢的隨機事件成為壓垮生活的最後一根稻草。於是我才想到生命的痛苦無法終究量化，它們不曾消失，也永不停止墜落，每段傷痛各有其位置、無所謂優劣。

所以我認為沒有人能真正從「深淵」全身而退。深淵是一種如煙的感覺，隨著苦痛漸進隨時湧現，並且如朝霧反覆如常。無論那句咒語是「沒關係」還是「對不起」，都無法阻撓負面情感的侵襲。儘管面對了傷痛，問題並不會因此迎刃而解，但憤怒、辯駁與憂鬱卻能使情感片片分離，並趨近透明。

透明的痛苦會形成一層膜，覆蓋長期生鏽的身體，成為我身上的一部分。

# 斑馬

「黑暗重現了光明所沒能拯救的一切。」——Joseph Brodsky

我的身體有兩個奇怪的小問題，雖說平時也不易露餡，偶爾仍會感到突兀。

一是無論夏天再炎熱，我也從不穿露背裝、細肩帶。因為青春期以後，旺盛的內分泌就在肩頸皮膚孵出一顆顆水泡般的囊腫。像是身體上的休火山，囊腫只要稍微被壓迫、摩擦，裡頭的組織便會加劇隆起、引發腫痛，嚴重時甚至連躺下都痛，讓我在夜裡輾轉反側。

家人們積極替我尋找療方。早先不明白原因時，長輩也曾擔心是皮蛇纏身，要為我求符驅魔斬蛇；後來爸媽帶我巡迴中西醫診間，喝水煎藥調理、擦抗生素藥膏，用刀切、打雷射，沒一位醫生有一勞永逸的解方，疤痕剛淡去，囊腫又浮起。最後妥協的方法是兩週去打一次消炎針，勉強抑制發炎反應。醫師說，這就是你的身體，只能學習與他共處。

皮囊問題倒還好，頂多不能像身邊的女孩子穿一字領，把坑坑疤疤的身體裹好而已。但第二個狀況就令我心虛：從二十歲起，我沒事走在路上總是會看見斑馬。

牠們要不是躺在地上喬裝斑馬線，就是在運動公園裡吃草散步。有些對上眼神的還會尾隨我回家，氣息噴在頸背上，只能抓癢不能回頭看，爸媽撞見又以為是囊腫復發，急著帶我去打針，令人苦惱非常。

不知從何時起，人類的肉眼在成年後就無法看見斑馬。有一說是動物們從世界各地的動物園被解放後，人們用路太常因視線中各色花紋發生擦撞意外，大腦出於防衛讓視覺弱化。人看不見斑馬照理說是科學事實，但總會有人要拿這來取笑，若要挖苦別人幼稚長不大，就會故弄玄虛說：「聽說某某某還看得見斑馬噢。」幸好我在國小隨班上路隊回家時，就學會對路上斑馬視若無睹，只在過馬路時一律避開地上白線以免誤踩。

上大學後情況更棘手，因為青少年愛拿有關斑馬的記憶來吹噓。還記得有回吃熱炒，同學們開始輪流回顧「發現自己看不見斑馬的那天」：讀國中第一次自己通勤上學，就發現看不見斑馬；拆掉腳踏車輔助輪，就發現看不見斑馬；十八歲考到駕照跨上機車，就發現看不見斑馬；第一次跟媽媽以外的人牽手走在路上，就發現看不見斑馬。講得愈繪聲繪影，席間的呼聲愈大。我聽著荒唐故事滿天飛，焦慮想著等下該如何瞎掰。輪到我時，我捏起玻璃杯小聲說：「我有次整理房間時回收國小自然課本，發現書上斑馬圖片都被『馬』掉了。」空氣凝結三秒，對面男生滿臉問號、桌邊女生交頭接耳，我趕緊乾掉手中啤酒，那晚不敢再說話。

我時常好奇，大家長大後真的再也沒見過斑馬嗎？辨識能力消退後，記憶裡、夢境中的斑馬也會消失嗎？如果不再知道斑馬長怎樣，又要如何驗證自己如今看或看不見呢？會問這麼多，或許只是想為自己看得見斑馬的事實辯駁罷了。

*

我還清楚記得重新看見斑馬的那一夜。

那是渾渾噩噩的二十歲生日前夕，我窩在大學附近的租屋處足不出戶，因為各種原因，一段時間沒去處理背上的皮膚病。囊腫已經猖狂得讓肩頸半紅半紫，用指尖輕觸都能感覺活跳滾燙。但是有些疼痛持續超過一定時間就會變成自我認同，好像不喊痛就不會有人來關心一樣。軟爛的臥床期間，媽媽有天來電勸說，打了針就能快快好，我們用耐心照顧它就能回到以前的模樣。我躺在床上邊聽邊摸背，幾乎想不起皮膚平滑的感覺。

有個半夜睡不著，我穿過大安區去吃豆漿。和平東路的天橋底四下無人，我在紅燈前等得迷迷糊糊，想著不如橫渡馬路，才正邁開一腳，前方漆黑的路面卻倏地長出一雙銳利的眼睛。地面上的斑馬線蠕動著，變成一匹巨大的動物，抖著身子站起來。

那是隻斑馬，牠犀利看了我一眼，像是要我一起過街去。我渾身痙攣，體內深處關於牠的記憶煞地湧出來：那是小學中年級的校外教學，自然老師帶我們上山去看斑馬。我穿著半濕的螢光粉班服，從廉價望遠鏡裡盯著搖晃草原，綠草間有黑白斑點在湧動，捲起刺鼻屎臭衝入鼻腔。我們傳閱望遠鏡驚叫著，斑馬長得真奇怪，自然界怎有生物會是醒目黑白紋？老師解釋，許多草原上掠食者看不見顏色，黑白皮毛反而幫助牠們在集體逃跑時混亂眼目。世界上有很多種觀看的規則，只是我們人類忘記想像。夏天後我被編入語文班，記憶中那既是我和其他小朋友共度的最後一堂自然課，也是我最後一次看見斑馬。

即便多年不見，我卻感覺牠不曾消失在視線。我趕緊尾隨那匹現形的斑馬走向對街。牠拐入一間老舊中藥行，鐵捲門邊有座狹窄樓梯，通向燈火通明的二樓。走上樓我才發現，這裡原來是間酒吧，狹長的店裡只有一排吧檯座，櫃檯上擺著一排書和漫畫，牆上的電視機無聲播放著晚間新聞。店裡已有三兩散客，一語不發低頭喝飲料。方才的那隻斑馬正站在吧檯後，用手帕擦著一只鬱金香杯。牠問：「今天要喝什麼？」

*

我在牠面前乖乖坐下，點了一杯可樂，附贈一碗風味花生。飲料剛上，我趕緊向牠賠失禮，抱歉剛才差點踩到你，但你怎麼大半夜的躺在路中間？牠把蹄擱在杯墊上，意味深長看著我道：「同學，台北早就沒有人工斑馬線了，現在的路都是斑馬在當的。」

我大驚，路是人畫出來的，怎麼會反過來讓斑馬去當？牠說這是城市動物的地下新興產業，「當人們失去方向時，走在斑馬線上可以獲得安全感。」隨著近年散步變成另類療法，在自由繁華的城市裡，人們發現斑馬線串連了不同時空，橫渡前焦慮、跨越後坦然，過馬路變成另類抗焦慮療法。人們搶過馬路，斑馬線卻供不應求，而反正成人早就不見其原貌，馬匹們見狀開始接受市政府委託，扮演肉身斑馬線。

我感到不可思議，牠卻以自己的工作為傲：「在業界大家的共同目標，就是要成為能擺渡萬人、標誌性的斑馬線。」例如扮演日本東京澀谷站前交叉口的斑馬，每一百二十秒就有三千人從那裡通過，幾乎成為所有日本漫畫裡象徵東京的經典場景；又或棲身西倫敦艾比路（Abbey Road）的斑馬，當年執業時被披頭四踩過、成為傳奇唱片的封面，如今艾比路工作室竟設置二十四小時攝影機對著牠，讓觀光客可以大步經過、上網截圖留念。說到此，牠遞出一張刀片般銳利的厚名片，上面寫著名字和電話：「這是我，我叫『和平東路』。」

我小心收好名片，恭恭敬敬問「和平東路」，如果一般人照理說看不見斑馬，今晚我怎麼會見到牠？「你冷靜聽我說，」牠將馬臉突然湊近，氣息有巧克力尾韻：「其實——我住在你的身體裡，嚴格說是影子裡，這個我晚點解釋。但我觀察到，你的身體最近有些過不去的地方，正發出求救訊號。」我睜大眼睛，下意識護住背上的囊腫，好像牠會隨時從那裡鑽進來一樣。「和平東路」見我滿臉驚恐，聲音軟下來：「我實在不懂人類為何會變成這樣，其實人體乘載了很多東西，只是你們再也看不到。」牠抓抓手臂，黑白毛皮上布滿腳印，「身體是因為負荷不了，才會發出訊號逼你看見。我是來幫助你的。」

「和平東路」解釋道，其實人體因為具有良好行動力，自古就是許多生物的棲身處。斑馬在離開動物園後，起先也想過以原貌過活，城市文明卻不接納非人物種，於是牠們學會寄生在人類的陰影中，藉著宿主的行動彼此溝通。牠說，人類群居卻傾向自由的本質與斑馬相通，故在眾多物種中被牠們相中。但在特定情況下，斑馬也可能奪走宿主的身體。這些人身上會出現局部的條紋，並患上所謂「斑馬失語症」：吐出的話語無法被他人理解，好像自己也變成斑馬、消失在世人視線中。

我稍稍閉上眼消化龐大資訊。牠是在暗示，我背上不規則的疤痕其實是失語症的徵兆？如果果真如此，眼前這隻斑馬是在拿走我身體前，特地來警告我的嗎？我一時半刻語塞，只是小心翼翼問「和平東路」，有好起來的可能嗎？

「好起來的可能嗎？」牠靜靜複誦我的問題，「下次想聊的話，你知道怎麼找到我。」

＊

我一直記著斑馬的警告，但那之後再也沒見過「和平東路」的身影。

又過了一段時間，台北開始流傳嚴重的傳染病，我待在家躺床的時間更多，也不出門了。那時我已有半年多沒有去看皮膚科，囊腫已變得奇癢無比，一壓迫就會流出湯湯水水，但是用兩指去擠，裡頭的組織又硬得像雞眼。為了不刮到囊腫本身，周圍完好的肌膚也被我抓得破皮。多數時間我只是不吃不喝地躺在床上，專心對抗搔癢的衝動。身體的孔隙變成一張張嘴，開始對我說話，在被窩裡窸窸窣窣。有時它們在半夜裡模擬外頭的車聲，像是要煽動我上街去；有時我聽見從前在皮膚科診間的聲音，彷彿有護理師嗶剝一聲拔開針筒蓋、輕輕要我深呼吸。那些聲音變成無數雙小手，包裹住全身毛孔，我每個動作都又麻又癢，好像不小心就會壓碎什麼。

我在床上摸索，把手邊的物件一一摸過。我翻出一條睡褲，口袋裡掉出「和平東路」的名片。那張紙片厚度那麼好，我緊緊握住它，想用來刨開背上的疤：像開一個罐頭，只用一劃，囊腫便洩氣般裂開，裡頭的組織液傾瀉，然後是血，直到露出底下的肉芽。我感覺自己隨著體液的釋放逐漸塌縮，進入身體的反面。我看見「和平東路」出現在床邊，低頭望著我洩氣的皮囊。

「幫幫我。」我驚恐地看著床上自己的影子逐漸消失。

「深呼吸。」斑馬低下頭，讓我摸摸牠的頸子。近在眼前，牠身上黑白的交界處好像閃著銀光，一下是黑蛇在白牆爬竄、一下是宇宙裡銀河星芒。萬物的關聯在我指尖不斷交錯閃現，崩解的身體像是新的顏料，流向這片斑斕中。我抓住牠的鬃毛、交付全部重量，「和平東路」提起身子，揹著我離開這個房間。

*

應該是睡了很久，我在馬背上醒來，發現自己在一個漆黑的洞穴裡，不知道距離地面有多深，但這裡寒冷且安靜。察覺我的動靜，「和平東路」沒停下腳步，只是開口靜靜解釋，我們現在要去找個人，取一副新的材料。

眼睛適應了黑暗後，我看見這是個深不見底的石坑，柔軟的岩石被工整切開，充作梁柱和牆面的岩壁吸飽了地下水，讓洞穴潮濕但宜居。我們在沙白色的甬道裡前進著，直到視線盡頭出現一簇爐火。我們走近停下，發現那裡原來有座土窯，窯邊的岩石都被爐火燻得漆黑。有個滿身黑炭的男人在一邊顧著，窯裡正烤著肺臟大的鄉村麵包。

「我是這裡的採石工，」男人見我們靠近說，「這裡除了麵包和石頭，沒有什麼。」

「我們想要一塊石頭。」斑馬逕自表明來意。

他若有所思地點點頭：「我可以給你一塊好石頭，只要你給我一則好故事。」他抬頭看著我，漆黑臉上眼神是明亮的，「為了輸送洞裡的萊姆石，我們家已經在這生活了三代，和外頭的商人用石材交換物資和情報。雖然我打從出生以來沒有去過地面，但是我的祖父母告訴我，外頭的城市都是用我們採下的石磚砌成的。至今我也從客人們口中聽說了各式各樣的新聞。如果你能說一則我還沒聽過的故事，我就願意和你換一顆石頭。」

我思索，怎樣的故事能吸引這名不曾走上街，卻為世界砌磚的男子？想著生命的流轉，我向他說起一則有關心臟移植的報導。

最近一個名叫珍妮佛的英國女子，在倫敦一間醫學博物館中睽違十六年見到了自己的舊心臟。珍妮佛在大學時開始哮喘，不久便診斷出家族性的心肌病變，若不進行心臟移植，隨時可能死亡。珍妮佛的母親多年前也因相同疾患，在心臟移植手術中過世。但是為了活下去，她仍選擇賭一把接受治療。幸好手術成功完成，接上一顆健康心臟的珍妮佛自言成了個全新的人。如今她三十八歲，自由戀愛成婚，留著一頭金髮配上俐落褲裝。她走入展間，與福馬林罐裡漂浮的蠟黃心臟對視，笑著表示它是與自己相伴二十多年的舊識，能夠重逢真好，不過如今她的任務是要帶著新的心臟活得長長久久。

說到此，我問採石工這故事如何，他反問我認為這篇報導有何可談。我說，或許是為了醫療道德，但我不敢相信這則故事裡沒有提及珍妮佛的心臟捐贈者。一命償一命的移植手術裡，我似乎無法由衷為活下的人感到開心。現代醫學的發展有時令我不可思議。

採石工想了想，拿起手邊的線鋸，刨下一片萊姆石，「這裡每公分的砂石，都是幾千年的生物沉積。兩百多年前，採石工人們在這個洞穴裡，挖出這塊大陸上第一塊恐龍遺骨。那時我們才知道，人類用來建造新事物的材料，其實是上個文明的遺骸。」我把石頭放在掌心掂掂，它如此輕盈易碎。

「珍妮佛從上一具身體接收了心臟，那就是背負兩個人的命活下去。彼此的生命沒有斷裂或遺失，而是接上了缺口。我活在沒有晝夜的地底，覺得凡事沒有所謂終始，只是不同的事物會在各自時間湧現，構成此刻的輪廓。其實你是知道的，只是一時忘記而已。」

走回土窯邊，他搬出一塊銀灰色的萊姆石，栓在斑馬身上：「離開這裡，去把它磨成水泥、砌成石磚，讓它活進世界裡。你想變成的必在你之中，否則你不會在念想中認出她來。」

我和斑馬拉著石塊，走過長長隧道，萊姆石在路上磨成粉塵，將黑暗中的我們緊緊包裹。當我終於走出洞穴，石頭與斑馬都已不見形影，外頭的日光曬乾肩上的水氣，我發現背後的囊腫依舊在，只是覆上一層銀亮的膜。

我感覺體液正注入新的傷口，要為我孵一塊新的身體。

# 明天還能見到你嗎？

如果明天就要失明，最後你想記住怎樣的風景？

新冠肺炎疫情剛在台灣蔓延開來的二〇一九年，我讀了薩拉馬戈（José Saramago）的小說《盲目》（*Ensaio sobre a cegueira*），寫某個小鎮突然出現一種接觸式傳染的眼盲症，在極短時間內奪取了所有人的視覺。即便沒有病痛，失明卻引發失序，情感承諾、道德審美與人性尊嚴隨之消散，文明四分五裂。讀到這個故事的那陣子，我的生活遠近處都正經歷前所未有的變動，於是我能明白人類是何其脆弱，看似豐饒穩固的風景，只要抽去一個元素就可能硬生生崩解。

從那之後許多人用各種角度談論疾病：看遠的人說流行病是歷史循環的一部分，災變之中也有生機；看近的人為天人永隔的親人哭泣，談論伴隨死亡浮現的懊悔與悲憤。那陣子的我對一切都消極又困惑：人們是那麼自我矛盾，既擔心時間不會再前進、又害怕一切總有天會改變，使得小時候憧憬過關於「永遠」的願景，現在信口說來都像髒字或詐欺。

十八歲的我，曾經像漫畫《晚安，布布》裡的愛子，想要親手找到永遠不改變的東西。在遲到的叛逆期，我曾那麼偏執挖掘身邊大人所不知道的事情，四處奔走尋找電光石火，媒介是戀愛感情和書上道理。當時來自異鄉的初戀男友給了我開疆拓土的可能。我踏出家門，與他在無聊台北打造祕密基地，他負責看見、我可以翻譯。都市的新陳代謝帶來許多焦慮，於是我們一同遊走許多地帶，兩雙紀錄的眼睛有許多故事想要轉譯。

在我發現只屬於兩人的風景時，我是那麼引以為傲地希望能永遠住在這個世界裡。

記得有次我們瞞著家裡去了高雄，下榻在市郊稍遠的港口附近。半夜兩三點醒來，男友提議出門散步去看海。海在夜裡是全世界最觸手可及的黑洞，規律的波濤給人安全的錯覺，實際卻是一處柔軟的凹陷，要把一切吞入另一維度。海是誕生與死亡、恆動的永恆，乘載卻也能隨手摧毀掌中世界。坐在男友身邊看高雄燈火通明的橘子海，發現初戀之於我就是乘載陸地的水體，我沿著對方話語的邊緣為自己畫出新的形體，如此親密貼合，卻忘記佛洛姆（Erich Fromm）說過：「我之所以被愛是因為我是我之所是。」

可是身體與靈魂的界線，當然會隨成長變形擦撞。因此這段關係結束之際，在同一座城市換了住處、朋友、語言的我，失去兩年來藉以觀看世界的一半感官，自認喪失了表達的能力與必要。初戀的終結之於我的二十歲，可以類比為新冠肺炎之於二十一世紀，齊頭並進的兩個世界，同樣具摧毀性且令人心灰。既然沒有什麼是不變的，那又何必費心謄寫？

行屍走肉了大半年，我什麼都不寫、什麼也不甚關心。假死狀態溫軟地持續著，直到大三那年一次眼睛受傷的烏龍事件。

那是夜裡又失眠，習慣趴睡的我正用力蹭枕頭味道，左眼卻突然傳來一陣穿腦刺痛。黑暗裡對著眼睛又擦又揉，刺痛卻不減反增，嘗試睜眼卻視線朦朧，眼膜突然腫脹像玻璃缸，彷彿就要滑出眼球。我淚流滿面、心跳飆升，夜半穿著睡衣驅車掛急診。三點的夜車裡，我仰頭瞥向車窗外不斷後退的橘色路燈，焦慮思考各種最壞狀況，心中浮現許多後悔，自己還沒仔細端詳世界，列不出失明前想記得的四十七件事情。

後來趕到醫院，好整以暇的大夜班眼科醫生從我左眼夾出一根粗黑健壯的睫毛，原來只是睫毛倒插造成的眼膜破皮，幾天就能自行痊癒。我為自己的小題大作羞愧不已，卻也才在那瞬間發覺，如果真如傳言說，後天眼盲者的夢裡只會出現失明前見過的事物，那麼如果意外失明，我不想要此後的夢境永遠停在失戀的二十歲。

若是如此，我就必須繼續看見，保護肉身的眼睛、保護靈魂的眼睛。我們每個人都有靈魂的眼睛：思想、畫筆、言語和情感，或者我手中的筆。寫作是跨越恆動與永恆的方法，讓世界的片斷可以進到夢境裡，變成小小的、對抗生命變化的抗體。

我想起初戀曾向我轉述過的一個畫面：我們所愛的日本前衛藝術團體Chim↑Pom曾在新宿歌舞伎町的廢墟，辦了一場名為「また明日も観てくれるかな?～So see you again tomorrow, too?～」的展覽。該棟卡拉OK與拉麵店結合的大樓，最初是因一九六四年東京奧運觀光振興潮所建，展覽當時則因二〇二〇年東京奧運都更而將被拆除。Chim↑Pom在被怪手挖開的鋼筋中央擺了一台電視機，循環播放著日本國旗與國歌的影像。撇除政治與民族的隱喻，這樣的場景設定使我想到，儘管峰迴路轉的歷史充滿諷刺，短暫存在的空間都是時間的載體，從中產生的故事能顯現兩者的有限與永恆。

你明天還會再來看我嗎？明天還能見到你嗎？

初戀後的那半年，或許我就是那棟被挖開的娛樂場所，心裡還有許多出不去的故事在徘徊，故還無法想像明日的風景。無法自在前行時，寫作是一種出走與治療。假失明事件過後，我為了自己重啓寫作：許多東西儘管不再能看見，卻仍謹記自己曾看過的事實。沒有什麼風景是永遠的，這是哀悼，也是福音。那些記憶中過去版本的世界，是引導我們走向下個時空的麵包屑。

二十三歲的我，停停走走地寫與活，過去與今日的差異變得不那麼重要，我不再舉槍威脅要堅守特定版本的世界，少了些強烈的喜歡與悲傷，卻還不至於麻木。無論未知或想要守護之物，我都得睜開靈魂的眼睛才能繼續看見。

前陣子很喜歡的影集《終極後人生》（*After life*）裡面有句台詞說：「You're in pain. But the thing you lost is the same thing that can stop that pain.」雖然世界會一直變，也不知道哪天我們自己也要不見，但我們會一面努力、一面對答，雖然不知明天是否還能見到面，但謝謝今天的世界，我們曾經在這裡。

---

**後記**：「明天還能見到你嗎？」是三年來生活寫作的時時自問。這篇文章一直蟄在書稿檔案夾最底，從二〇一九年起筆、二〇二二年末才完成，原因不是因為背後思想多複雜，只是每回開了檔案看著標題，心中浮現的都是不同晴雨悲喜的回憶。後來這份檔案成了寫正文時的備忘錄，容納過無數塞不進正文，但不寫不放心的語句。三年來內文隨著時間幾乎

全被汰換更新，但標題成了容納書稿的檔案夾名稱。「明天還能見到你嗎？」也是我與文字的對答，從二十走到二十三歲的我，發現沒有什麼是永遠的，今天寫了喜歡的東西、明天可能棄如敝屣。就算世界無法如如不動、回頭看都是尷尬後悔，但喜歡就是喜歡過，可以留下努力的痕跡。

# B

B for bedrooms

# 金魚還活著嗎？

「海洋是世界最大的沙漠。」對於這條事實陳述，我感到諷刺又好笑。世界浸泡在不堪飲用的水體中，賦予我們風調雨順的錯覺。儘管對於海的幻夢早已破解，我對網路世界的想法依舊是理想主義的：所寫的那些字，總是瓶中信一樣裝進膠囊裡丟上雲端，換得一組亂碼合成的網址，成為一扇扇不知通往哪裡的門。我總是秉信有了入口，就總有人會登門拜訪，殊不知網路的世界，對於我們這一代人，反而是最孤獨、容易迷路的樹海。

我長年有書寫網路日記、個人部落格的習慣。沒能趕上許多寫手初試啼聲的無名小站年代，國小我們流行的是MSN，除了通訊聊天功能，還附設Windows Live Space部落格功能，提供多種簡約版型，發布照片、文章，還可自訂網站上的特殊版位。那時在MSN部落格寫過的東西，大多都不記得了。國小瘋狂迷上寫作那陣子，我用筆記本寫長篇小說、日記本寫同學壞話，偶爾用媽媽淘汰的舊筆電開MSN部落格，寫點短篇故事或食譜，附上照片與插圖。寫部落格的時候，我的心情總是怪怪的，笨拙敲著鍵盤的手，好像一直有雙無形的眼睛緊盯著。有時我寫出不像自己的句子，或者並非出於真心的抒發。

依稀記得我非常在意部落格上每篇文章的留言，當時除了互相關注的幾位朋友定期留言，曾有陣子出現過一個暱稱「小熊」的網友，多次在文章下方留下類似「我也常常這麼想！」的句子。時不時我會想像「小熊」的模樣：他是與我同年紀的十歲小孩，還是一個閱歷無數的大人呢？如果我有一個大人朋友，我該用「您」還是「你」去稱呼他呢？他住在哪裡、是男是女、喜歡怎樣的東西呢？該不會，他其實是我的班導或父母在暗自監看我的生活吧？這些困惑與在意最後無疾而終，我與「小熊」一樣，偶爾也在廣闊如海的部落格世界裡，尋找觸動心弦的文章、留些無所謂的附和，隔天起床，再也找不到寫下那篇文章的人，或者曾經閱讀的內容了。

多年後我看了細田守導演的動畫作品《夏日大作戰》，故事裡的全能智慧網路ＯＺ能夠完成人類食衣住行的所有任務。而當網路世界的危機降臨在故事主角頭上，外在的世界卻依舊是藍天白雲、毫無異狀。我這才發現，網路是一座沒有人能進入的烏托邦，一座漂浮著禮物與瓶中信的汪洋。我們守在岸邊聽那些瓶罐物品撞擊時清脆的迴響，卻找不到發信者的棲所，或者說，其實是我們並不希望那些信件是真實人體發出的訊號。體溫太過真實，而閱覽人數給予滿足。

後來ＭＳＮ的 Windows Live Space 在二〇一一年左右無預警終止服務，

寫了無數文字的網站也在一夕化為烏有。從前我們恥笑筆墨、紙張的時效性，卻才發現有時網路才是最不貼近永恆的媒介。當年寫得破破爛爛的小說、日記本至今仍躺在床底的抽屜裡，花花綠綠的部落格卻再也找不回來了。對於喪失感特別沒轍的我，有多年未再起過書寫部落格的念頭，只不過無名、Windows Live Space殞落之際，Facebook、Instagram等社群媒體相繼登場，發信趨向即時、反饋變得透明，如一只潘朵拉的盒子，我看著它美麗的花紋，親手釋放了裡頭既美也駭人的怪物。

十幾歲時我對網路的貪念像隻八爪章魚，新興社群平台是一組供人任意組合的系統櫃，每個櫃子都像國中生愛逛的「格子鋪」，能用不同風格、顏色的小廢物妝點，我享受在每一道門後扮演不同的角色、為自己設計多重身分。然而此一危險操作，卻一度使我的思想變得分歧單薄：我不再能如小時候的自己，在同一張空白的畫紙上又貼貼紙、又以蠟筆塗鴉。

我在二月時註冊了日本近年流行的部落格平台「note」帳號。以練習日文寫作為藉口，寫些不敢以母語寫下的隱晦心情，內容大多與失戀有關。在日本，「note」更像是分享個人成長、企業管理類的平台。然而這設計潔白簡約的網站，之於我更像日記本，在這裡沒有人在乎我是誰，也沒有人能找到這裡。我能朝裡頭嘶吼陌生的語言，再若無其事地用中文買早餐。我喜歡文章在「note」上所呈現的模樣：鉛石般沉重的文字，在潔白的頁面上漂浮如荷葉上的水珠。比起一筆一畫在日記上刻下的心情，「note」讓我感到輕鬆多了：原來朝思暮想的心緒，三言兩語也就說完了。那些句子甚至不在我的硬碟裡，而是漂浮在網路世界某處無人知曉的餘白中。如果哪天 note、Instagram 也像 Windows Live Space 那樣突然蒸發，那也就罷了。

有陣子我很愛玩麥塊（Minecraft）。不打怪建設島嶼，只喜歡向下挖洞。我在手機上挖掘沒有盡頭的隧道，每次鑽進地底都發現某次棄置一半的挖掘工事。如果任何人都可以開發這個空白的世界，並且留存那些無意義的入口網站，過了幾百年後倘若網路依舊存在，我們還能夠回到這些由正立方體組成的隧道裡嗎？當年在Windows Live Space我裝過一個可愛的外掛程式，可以在網站的側邊欄位養金魚。只要以滑鼠點擊象徵水族箱的白色視窗，便會源源不絕跑出魚飼料，供使用者餵養裡頭游動的金魚。每次國小電腦課，我總偷偷登入Windows Live Space望著「金魚箱」發呆，看它們在裡頭游來游去、激起虛擬的漣漪。其實不餵魚它們也不會死、更不會離開，金魚只會永遠在那處空白裡空白地游泳。

若是如此，那麼Windows Live Space消失之後，我的金魚還活著嗎？

開始在「note」上寫作一陣子後，某夜我做了個奇怪的惡夢。夢見自己掉進了床邊忘記闔上的筆電裡，向下穿越一層又一層懶得登出的視窗：有小蕃薯（我的粉色小蕃薯已然腐爛）、史萊姆的第一個家（遊戲「培養種子」裡的白色生物依舊拿著鐵鍬敲敲打打）、摩爾莊園（菜園裡的蘿蔔被人拔走了）、臉書的小帳號（裡頭情緒負面的字詞甚至沒有了指涉對象），最後我來到麥塊裡自己打造的島嶼，掉進那深不見底的隧道。我看見方形的塵土、海底的深海魚，緊貼眼前的像素令我暈眩，紛亂的畫面卻寂靜無聲。我所打造的那些世界，得來不費工夫、也未曾有人涉足。如果我離開，它們便要真正地消失了：並非物質的消逝，而是不再有人記得登入的辦法。忖度的同時，摔在一片沒有邊界的白色中，我已經挖到的麥塊的盡頭、沒有人開發過的邊界。仰頭，那千千萬萬只屬於我的世界就是那只吞噬所有祕密的樹洞——只是，現在在裡頭的是我自己。

金魚正在某個無聲的維度裡持續游動，擾亂一池填滿文字的春水。

# 自己的房間

以前我會說，你想進來嗎？現在我改問，你想跟我開房間嗎？

在網路滑到英文梗圖，是一張情侶對話的聊天截圖，A說：「寶，我需要一點空間（space）。」B在深夜回了一個：「I」，過了一年再回一個「love」，再一年，「you」。我笑好久，笑著笑著卻哭了。

Space一詞多奧妙，既表空間也表時間，不像中文僅能擇一表之。戰爭時我們「用空間換取時間」，分手時我們相信「時間能淡忘一切」。仔細想來，是語言把空間變成時間再變回來。班雅明覺得作家是一種工程師，有權用語言建設世界觀。這感覺好好，我也想當作家。

我在渴求個人空間的青春期，崇拜班雅明，還愛慕吳爾芙。所以在還沒理解脈絡，只求啓蒙與理想的年紀，便把他們的話當IKEA型錄讀了。於是當吳爾芙在《自己的房間》說：「門上的鎖意味著獨立思考的能力」，十五歲的我如獲天啓：稿紙是門、筆是鎖。我用語言造空間，把時間放進去，哪邊不夠用了便出外採集狩獵，還未釐清寫作建造的堡壘能為誰帶來什麼，只是不斷砌磚堆土，把真實世界的可觀可聽謄寫進來。

十七歲，我寫了第一本書，誇口要為「我們的世代」打造迪士尼樂園：把無聊生活寫得五光十色、邀請友人入園穿上可愛布偶裝。我得意洋洋，時間在文字的樂園裡是不會流逝的。砌好寫作的房間，給讀者一把通往那裡的鑰匙，自信誰都能在裡頭找到記憶的仿真品。可能就像玩完六福村急流泛舟、渾身濕透離場時，在門邊的電視牆上看見自己下墜前的搞笑特寫，還可用台幣兩百元買下護貝照一張。

會這樣比擬，是因為小六那年畢旅，有幸在六福村與愛慕的男生同舟，離場時我真的買了一張那樣的落水照片，還變態惺惺把它壓在學校桌墊下。有天同學在教室感性閒聊，我趁氣氛曖昧向他指著照片：「你看我們。」男生回我：「我好醜。」

寫的人一廂情願，卻忘記被寫的人有權被遺忘。

遺忘與記得是等重的，寫或不寫比文彩更費工夫。二〇一一年西班牙發起公民運動，控訴Google在搜尋目錄任意留下利害關係人的活動軌跡。十年前房屋遭法拍的男子，因為有案在身，至今求職困難。就像搜尋引擎，寫作起初是為了幫助失憶遲緩的自己，查找並且引用生命中深刻感念的事情。並非每句說出口的話，都有被轉錄的必要。

我的第一次寫作公開後，掌聲固然有，抗議聲也多：小學暗戀的男同學相隔十年，才莫名其妙地從書裡接獲告白；被我寫成傲嬌學霸的國中同學，抗議書中側寫有違他的自我認同。甚至事隔幾年自己重啓書頁，也羞赧發現當年的超經典成了黑歷史。

於是玻璃心如我，又感覺挫折：文字終於使我感覺在場，難道書寫必定使人受害？算了算了，那都不要寫了。友人與我討論寫作瓶頸，聽到這裡，突然想起我是獨生女，「你是否常感覺自己是世界的中心？」

這麼一問，腦袋突然閃現電影《大國民》（*Citizen Kane*）片末畫面：孤守空巢多年後，男主角走進家中舊房間，氣急敗壞發現妻子離去後，所有珍寶仍完好無缺擺在裡頭。啊，原來自我中心的意思是，感覺世界只有自己，或者只有自己可以感覺世界。

不久前我離家住了一陣子，不寫作，但有了自己的房間。

那陣子，我時常思考第一人稱敘事的必要性：倘若不曾呼風喚雨，平凡小民的一己之事有何可看？但挪用他人之事大做文章，是否是一種生命的剽竊？想通以前，我不敢素顏出門，甚至不敢回家。我閉門焚香，通靈班雅明和吳爾芙：欸，如果我寫不出那個所有人都如獲天啓的世界，故事該怎麼演下去？

班雅明說，把你手裡那只塞滿廢紙的行李箱丟了，回家看看吧。於是我搭上北向的公車，在深夜巷口遇見我爸。我向他揮手，他提著兩大包，視線穿過我腦門，三秒後才對焦我臉上。久別重逢，我準備發表和解的演說，他皺了下眉頭說，我要倒垃圾。感覺北爛，我們沒有話說。時間不曾靜止過，可是這不就是活著的感覺嗎？

寫之前，有想過說出來嗎？這是常識，但我直到現在才理解。

吳爾芙說，別再逛宜家家居新店店了，世界不是找個房間找個人，進去牽牽小手就好。你會無話可說，你會掃地出門。外面還有很多很多的房間，或者沒有房間。

# 齊東公園

新冠肺炎疫情爆發、三級警戒還沒發布前的那陣子，曾有朋友為了轉換心情專心工作，搬進旅館自主隔離一週，順道實驗人體如何適應完全孤立的生活。他分享時間感的消失、身體的躁動到平靜，使我聽得不可思議。後來身邊旅外返台，或者不巧染疫的人漸漸多，蒐集到每個人的隔離體驗迥異。隔離聽來像是某種內觀，身心被迫重新開機，可以做為物理上的專注模式。我聽說《睡魔》（*The Sandman*）的作者尼爾・蓋曼（Neil Gaiman）寫作時會把自己關進旅館，唯一守則是「要嘛寫作、要嘛啥都不做」。剛剛重啓寫作、社群焦慮極嚴重的那陣子，邊思索著隔離對心境的影響，邊尋找閉關重整的可能。

後來在二〇二一年的春天，我真的體驗了深度安靜的半個月，住進齊東街上的日式平房「繆思苑」裡，執行一個為期兩週的駐館寫作計畫。繆思苑隸屬於「臺灣文學基地」，前身是赫赫有名的齊東詩社，我幸運在基地落成之際得到駐館機會，能實際住在園區裡兩週寫稿、辦工作坊。我的目標是要完成一篇與疫共生的小說，但也藉駐館機會逃學翹班偽隔離，除了體驗全職作家生活，閒時還能自以為《魚干女又怎樣》女主角，在日式緣廊打滾喝啤酒。閒來無事的下午，我常打開緣廊的拉門，對著後院空地發呆。巷口結識的虎斑浪貓路過會喵一喵噓寒問暖，但如果攤手表示沒有罐罐，牠便抖抖屁股，選擇保持社交距離。

「啊，祝寫作順利。」我會喃喃提醒自己。住在繆思苑的半個月，除了偶爾在牆外探頭探腦的觀光客、其中幾晚帶食物來串門子的大學朋友，白天的我練習近乎噤語的生活。

來這裡是想靜下心來寫作的。察覺自己寫作總在預設觀看，於是關掉社群媒體後，才發現活在網路時思緒何其片斷，三言兩語就要離題，也忘記寫之前的核心議題。於是我帶著大綱、擬好問題，搬進繆思苑嘗試完全專注的寫作。每天把自己當成一束舒展花苞的鬱金香，用力地吸水、拚命往向光處蜿蜒，安靜待在一只青瓷瓶子裡，等待進到房裡的人為我換水、對我說話。我是一株被移花接木的植物，從城市的北方被種進城東安靜的巷弄裡。

單人包棟的獨自生活，時間確實緩慢安靜。理想時候我可以六點起床、走到對街的豆漿店吃早餐，回到家替花換水剪枝、為自己倒一壺水，然後開始一天的寫作。從早晨開始的寫作是乾淨的，還有昨晚的夢境和希望，沒有下課熬夜寫時的那種怨氣和焦慮，身在這棟房子裡寫作的我，輕鬆就打開了所有感官。我不相信降靈式的創作，靈感的基底是足夠強壯的心與能望遠的眼睛。這樣晴朗的日子，我可以將讀過看過的事物都變成養分，馬不停蹄地寫，像敏感的受器，讓還沒成文的想法在腦中的筆記本上來去生滅，我只負責聽打，甚至能變成讀者，抽離觀看書寫的姿勢。在寫作中我是自由的，雖然世界還沒有改變，但我至少能用自己的聲音敘述。

既然出來駐館扮家家酒，爸媽也常來作客餵食，帶來滷味、水餃、叉燒便當，我們仨當自己家，在厚實的原木桌上鋪報紙、熱熱鬧鬧吃飯，夜深了再趕爸媽回家，站在玄關口的踏腳石上目送他們離開。夜晚就是完全的休息，在榻榻米打滾，玩幾小時的俄羅斯方塊，知道明天的自己也會完全奉獻給寫作，就可以功德圓滿地入睡。喝水、寫稿、偶爾講講話。每天專注在幾件例行事項上，竟發覺自己不再急於搜尋手機裡最新的音樂。那陣子迴轉壽司店正推銷炙燒鮭魚，當全台北人忙著找名字裡有鮭魚的朋友，我還在齊東街悠哉嚼著外帶的韭菜水餃。若此刻自己回到溫州街上的咖啡店，大概一如既往地忙著瀏覽臉書社團上的訊息公告吧。

可是人生大半時間是寫不出來，搬到地靈人傑處並不會轉生成文豪。如果靈感豐沛的日子分外舒爽，寫不出來的時候就更痛不欲生。世界只剩自己、紙筆和電腦的時候，就知道自己的人生可以用不想寫、不會寫和不能寫三種狀態區分。不想寫的階段止於高中打國語文作文全國賽，屏除天災人禍病痛等不能寫的非常時刻，其餘時間都是有話想說卻不會寫。人在不會寫的時候都有很多理由：讀了太好的文學、經過太糟的事情、過著太忙的生活，「不會寫」三個字本身其實也是藉口。我有自己的語言，只是缺乏耐心鍛鍊寫作肌肉，難以優雅讓成熟的字句降落，索性視而不見改天再寫。

改天再寫的日子，「沒有寫」的罪惡就會令我渾身發抖。在乍暖還寒的春天時，齊東街的夜晚也使人體寒。木造的房子充滿生命力，在夜裡吱吱呀呀地響，像是要對我說話。具備靈能力的朋友來訪時告訴我「它是好的、只是好奇」。但我聽不懂它要說些什麼。有次夜半大雨，屋頂唱起丟丟銅仔，我聽得膽顫心驚，穿上拖鞋走到對街的齊東公園散心。公園厚實的木造涼亭上，零落擺著七八張款式各異的椅子，有車站候車椅、木頭椅子，選了一把藤椅坐下，抬頭才看見齊東街上的苦楝樹在夜裡紛紛開花，花瓣連著夜雨不斷落下，像雪一般鋪在古老的屋瓦上。那瞬間我很想寫點什麼，或找個人訴說滿腹的委屈，但除了公園裡的樹與花，也沒有誰能夠回應。

回到點著燈的繆思苑，桌上的筆記本簡直在發光。我翻開筆記本隨手展開對話，寫沒幾句腦裡的雲霧便開始塑形，變成概念、人物、可描述的心情。那時我才又與身體、房子與世界合為一體。要開始一次寫作的時候，回應自己的欲望是散文的一種動機，只有寫不寫、沒有好不好的問題。這大概是我在齊東街體悟最深的事實。

是在駐館結束後，我才在館方發行的雜誌裡讀到，其實世界各地的駐館駐村，都不是要創作者寫字換宿，而是提供養育靈感的空間，讓藝術家能安靜專注地感受世界。在一地植入的念頭，可能得到另一處才發酵拔芽。活著跟寫字沒有百分百的轉換率，每天都得寫很多垃圾再丟掉，但寫得夠遠夠久就會知道什麼才重要。在齊東街的我沒有寫下什麼鞭辟入裡的感悟，但是故事至少開了頭，也終會繼續下去。

因為我知道即便無處可去，可以寫的我就是自由的。

# 小弟

我在寫作上是一個用愛發電的人，換句話說，愛得不夠就會停筆。我可以找到各種理由說服自己不愛了：世界太亂、題目無聊、功力不足。不想寫了就回去當忠實讀者或影迷，直到再度因某個題目大喜大怒，就是我充電完成、重拾紙筆的時刻。前陣子冬眠時看了日劇《初戀》，劇裡說人的重要記憶會與五感體驗相連結。我於是想起，自己對寫作灰心喪志時，只要回想高級外燴便當裡的藍帶起士炸豬排，就可以一秒對文學死灰復燃。

只要想起涼掉的藍帶起士豬排，就會憶起十年前被老詩人大罵的體驗，我的文學初體驗。那之前我的志向不在寫作，在於寄讀者回函。

還不久前，紙本書會夾入郵資已付的讀者回函，可以勾選滿意度並寫下心得。也不知道這些意見是否真的會轉交到作者本人手中，但我愛寫讀者回函給所有喜歡的作家，好像深怕他們不知道自己作品的好、需要愛的鼓勵。做為一個用愛發電的讀者，我的第一封情書是寫給風流才子郝廣才的繪本《一片披薩一塊錢》（*One Pizza, One Penny*）。就像繪本裡交換披薩蛋糕的大熊和鱷魚，我從小深信讀與寫是對等交換，感謝與心得要傳遞出去，作家老師才有寫下一本的力量。

讀懂國字後，讀者回函的對象擴及至文學小說。國小時，《殺手》（*Hit Man*）系列作者勞倫斯・卜洛克（Lawrence Block）來台，我在信義誠品漏夜排隊，得到當晚最後一個簽名與強而有力的握手，透過小說家握筆溫熱的掌心，我感覺寫作的人是入世的。國中時，我讀了《毫無代價唱最——的歌》，起心寫信給詞人林夕，遠流出版社替我傳話，詞人回函時在書封的底線寫上「幸福」親簽。我還想知道作家在書之外的各種面貌，所以用追星的心態讀書，並在剛能夠外宿的十三歲暑假，參加了聯合文學全國巡迴文藝營。始業典禮上，司儀特別介紹我是該屆文學營最年輕的參與者，全體歡聲鼓舞，台灣的文學還有生力軍。其實三天兩夜的營隊是我人生第一次的寫作訓練。我參加散文組，導師是愛好自然的老爸系作家劉克襄。可是只有我知道，在那些有備而來、志在文學的學員中，我其實只是一個想和作家握手簽名的粉絲。上營前，我滿腦子都是讀書，壓根沒有想過寫作。出門的行李箱裡全是要帶去給授課作家們簽名的著書。

我完全忘記了文藝營的所學，又或者是年紀小有聽沒懂。只記得上課抄好句子、下課吃便當；忙著激動地找吳晟、簡媜、廖鴻基拍照簽名，沒聽進劉克襄在導師時間苦口婆心要我們多寫多讀。十一年後回頭看，才發現這些帶我識得文學二字的導師們，在我自己也終於端出作品的時刻，依然在寫作路上擔任引路人。我跟著他們在這條路上走著，直到許多人也成為紀錄片《他們在島嶼寫作》的主角。

聯合文學全國巡迴文藝營導致我後續一系列的文學營成癮。它提供我一種精進向學、貼近寫作者，又可以吃高級外燴便當的溫軟環境。在那個新手作家還沒有指南的年代，文藝營與文學獎是輸送紐帶，可以手把手、面對面，把一介讀者打磨成一定樣子的寫手。當我身邊的文藝營夥伴按部就班地寫稿、投稿、得獎、讀台文所或創作系，我始終停在用愛發電的狀態，置身事外地走馬看花。不過只要持續浸泡在那些學養中，非常偶爾也會有想寫的欲望。

做為一個用愛寫作的「渣女」，認真太久就會想放棄，偷偷摸摸比按部就班來得有效有快樂。但我是一個很「M」的寫作渣女，要被大人教訓「是不是沒被罵過」，才會興奮得卯起來寫。終於決定從讀書跨越到寫作那裡去，是十年前在國中文藝營上被大罵的經驗。

那年暑假國中辦的文藝營，重金禮聘到一位國寶級詩人，在課程第二天的上午來講台灣文學。因為有大人物要來，午餐便當特別高級，整堂課我都念著走廊上藍帶起士豬排的香氣，聽不進老詩人耳提面命的任何一字。對乳臭未乾的國中生來說，那年已屆七十的詩人，是國文課本上只知名諱的資深作家。他手腳雖不麻利，混濁瞳孔卻仍有鋒利眼光，用訓導主任的架勢向我們道來他的閱讀寫作生涯。那天他沒談自己的詩，而是介紹自己書閣中的經典作家。見我們意興闌珊，他嗓門大起來，隨手點了一個台下打瞌睡的男同學：「說，你對王鼎鈞的認識是什麼？」男同學尷尬失措，脫口道他沒讀過，詩人大怒，在座讀過《作文七巧》的請舉手！台下鴉雀無聲，窗外一落便當的塑膠袋被風吹得沙沙響。糞土之牆不可杇也！「那我跟你們沒有什麼好說的。」他氣得發抖，不等下課鐘響便揚長而去。

這十年來，我其實也只看過這麼一個憤而離席的文藝營講師，卻能想像台上人的文學愛與惜才之情。事後經過追想與調查，才了悟老詩人當時的真性情。他是一個有志提攜後進的文學家，遇見一群等吃便當的國中生，氣餒熱臉貼冷屁股是自然。不過情緒都是一時，課後大家見了便當就眉開眼笑，詩人也自有文壇雅量與見識，只有當時自知是濫竽充數的我，席間突然被巴掌打醒。

我既沒認真讀書，也從不立志寫作，這樣豈還稱得上是個讀者或寫手？那天午休我食不下嚥，腦海全是詩人的鋒利目光。想起他說自己年輕時是個好奇的學生，一路上拜師寫信，得到文壇前輩諸多提攜。回家後我啃讀王鼎鈞，抒情演繹有樣學樣，拿出最好的紙筆謄寫懺悔信。十年前寄出的手稿沒留紀錄，只記得那是我第一封對文學的告白與道歉：要詩人原諒十幾歲寫作新手的不用功，求他勿對新世代的台灣文學失望，若願慷慨賜教，寫作寶典與心法願聞其詳。

愈無法大聲說出自己代表誰的現在，想來當時自顧自的感謝與道歉真莫名其妙。不過那年老詩人仍有童趣與精神，竟然在兩週後回以三頁手寫信，並贈我近年出版的隨筆集。他在信上坦言自己的身體正在衰老，雙眼昏花幾乎不能再讀書。他勉我要趁年輕時用功讀書，不要害怕寫作。「許瞳小弟，」他以圓潤忽悠的字寫下，「祝福你永遠活得勇敢。」

那之後的一兩年，我斷斷續續與詩人通信，來回分享讀書感想與病況。稱不上指教，卻有真情交流。做為方起步的讀者，我多感謝隨筆集映射出作家內心，書上文字與態度皆可探可訪。後來選擇從隨筆起步時，我亦是回憶著自己不知所措、對文學空有愛慕的十三歲，想像要帶她認識怎樣的世界。台灣文學的樣貌千萬，我感念詩人當年給了我一掊豐厚的土壤播種。

輪到我上場時候，文學競技場已變得不大一樣。書與讀書人正減少、門外世界加速旋轉。年輕世代變成解構社會的搖旗手，聰明說話要比優雅寫字有力量；許多人駐紮虛擬世界，分散的通信網絡裡，每個人的故事都能顯得重要。搭著太陽花以後的學運餘波，即便是活得不夠前線的我，也能以筆見證新世界的熱烈展開。是在這萬物鬆動的環境裡，我在許多大人的好奇與祝福下，用十六歲的第一本書踏上了自己的寫作之途。從來我都相信，因為愛而寫作的人，只要專注地寫這份情感，就能將愛完好無缺地傳唱。

第一部作品就像人生談的第一場戀愛，旁人會有許多守望、感慨與警告。籌備書稿時，我經高中人社班及師大紅樓詩社引介，拜受過散文家吳億偉、詩人唐捐的勉勵，也在與楊佳嫻、鍾文音的面談裡，體悟書寫現在進行式的危險。從執著要寫散文集的十六歲起，多年來總提醒我要停下想一想的，是鍾文音老師閱畢書稿後對我說的一句話：「創作者要有兩個抽屜，一個留給別人，一個留給自己。」

特別在寫作和生存都遇過困難的這幾年，我一面不斷想起這句話，一面翻找自己的兩個抽屜。在臉與書難以分離的社群媒體溫室裡，溫馴的讀者與赤誠的寫作者，終於可以突破紙筆的藩籬促膝長談。可是當創作愈被推崇為一種與生俱來的能力時，寫的人顧著掏心掏肺，讀的人也不好意思追究文法。我從一個寫了情書就要寄出的讀者，變成一個寫戀愛感情的筆者，明明放入文學抽屜裡的都是愛意，回神卻拿捏不好創作與生命的距離，兩手空空、想不起自己讀過又想寫些什麼。

對於寫作者，創作肌力與夢幻理想有黃金交叉。在這個情感先到的時代，我害怕包括自己的許多人，只是幸運在交叉點上開出煙火。不如那些駐紮城南的文壇前輩們，我們沒有備齊文房四寶的安靜書齋，書寫的題材資料漂浮在各種介面。十年前的文藝營還能以散文、經典、大眾文學編組，今日判書家書皆能成文。並沒有習得七巧才能作文的道理，但能夠擁有從讀書開始的文學初體驗，是如此幸福的事情。

我想再過不久，我就有幸參與前輩們的《島嶼寫作》製片，屆時我要在鏡頭前大聲說，自己是何其有幸，能夠遇見偶像，做他們的「小弟」。

# 想像似顏繪

有陣子沉迷於畫畫。不只因為畫線填色很療癒，也因為圖像能超越語言，解釋不適用於文法邏輯的事情。那陣子一頭熱，先是趁著某美術社出清，花幾千元買了整套六十四色的麥克筆，又因著莫名的自信，拾起內心潛藏許久、「為人畫『似顏繪』」的願望。

似顏繪（にがおえ）是「肖像畫」的日語，字面直譯是「人臉仿繪」。肖像使人想到栩栩如生的浪漫主義作品，似顏繪則可擴大解釋少點正經、多點可愛的人物插圖。高中時我曾熱衷蒐集似顏繪，用學生還能負擔的十幾分鐘和幾百元，與喜歡的插畫家面對面坐下，觀察一面之緣的情境中，自己的五官（例如圓圓的鼻子、剪得過短的瀏海）如何被放大為特徵。

我寶貝每張別人為我畫的似顏繪，但畫裡的識別大多是他人對己的觀察、不一定是自我認同。雖然怎樣的畫法都很主觀，但我偶爾會異想天開地想像一種似顏繪，除了畫出肉眼可見的事物，還能將自我認同具象化。於是前陣子拿起畫筆時，我開始實驗這種不求真、純娛樂的「想像似顏繪」。

想像似顏繪的靈感來源是義大利畫家朱塞佩・阿爾欽博托（Giuseppe Arcimboldo）。阿爾欽博托是文藝復興晚期的風格主義創作者，原只是個正經八百的宮廷畫家，十六世紀中後期卻突然開啓一系列命名《四季》（*The Four Seasons*）、《四元素》（*The Four Elements*）的詭異畫作。遠看普通的人物肖像，近看其實是成堆的當季蔬果：水蜜桃與瓠瓜充作雙頰、葡萄藤與稻穗則像捲髮（後來才讀到，人類從無意義圖像中辨識出同類的傾向叫做「空想性錯視」(Pareidolia))。我著迷於阿爾欽博托畫裡「似像非像」的惡趣味，更喜歡他以事物堆疊概念的方法，於是在自己的似顏繪中有樣學樣，融合被畫者的模樣與自我介紹，把人臉畫成配料、形狀各異的漢堡。

之所以選擇漢堡而非其他象徵物，單純因為漢堡是我所愛的食物中，顏色最繽紛、形狀最具體的，類似某種樂高積木：米漢堡可以表現捲毛，麵包的蓬鬆度與顏色則呈現膚色髮型，還可用生菜當作瀏海。而除了以上基本特徵，兩片麵包中的餡料則能象徵性格與想法。這種似顏繪的要訣在於溝通而非畫工，繪製過程中，我引導被畫者用喜歡的顏色、具代表性的形容詞描述自己，再依照對方的敘事聯想出對應的食材。例如某次將一個形容自己「性格潑辣」的人畫成椒麻雞腿堡。

我與被畫者的話題原則上與食物無關，過程也鮮少需要盯著對方的臉。直到繪製完成後，才會向對方一一介紹構成「漢堡似顏繪」的配料、聯想的思路。這種業餘人士的插畫是自由發揮、好笑居多，很少被苛責美醜相似度。不過自從某次收到「我不吃酸黃瓜」的委婉客訴後，除了以上基本問題，也要詢問對方是否有葷素豬牛、不吃美乃滋等飲食偏好。想想背後不無道理，我若要被畫成漢堡，也想變成自己願吃的口味，裡頭若夾有香菜多晦氣。

大學期間約有兩年，我沉迷透過似顏繪做田野調查，於是前後在幾個市集與展覽會場擺攤畫畫，不知不覺做了幾十顆漢堡。當中不乏失敗經驗，卻也收穫數回銘心刻骨、足以改變觀看方式的對話。其中有兩個故事，在我丟開畫筆的當今仍時時回顧。

有一次是期中考週，我在大學的藝術季開幕式擺似顏繪。當時似顏繪計畫才剛開張，作畫目標還停留在「呈現每個人心中的可愛」，沒想過這繪製語言的練習能有什麼應用。那天是初夏夜晚，總圖前的大草坪都是下了課來閒晃的大學生。我邊聽著「靈魂沙發」的現場演出，邊畫了一些前來支持的親友、考試週衝動消費的女孩子。靠近打烊的時候，一個稍早來過的男生推著女友來到攤位前坐下，表示想請我替她畫一顆漢堡。

「你要先介紹一下你自己，」他興奮地替我解釋規則，「她會邊聽邊畫，很好玩啦。」女朋友看來有些害臊，不知所措地低頭支吾。「不然我幫你講好了，不同意的話再打斷我。」男生自告奮勇湊到桌前。

於是他開始認真向我叨絮女友的系級家鄉、內向而專情的性格、過度認真的小毛病。女生紅著臉聽了一陣子，忍不住小聲抗議她哪有這樣子，男生回嘴道，啊我看你就是太『ㄍㄧㄥ』了啊。「她就是對自己太沒自信了。」他轉頭面向我，卻是對著女友說：「以前我都叫她快樂漢堡，但她最近有點憂鬱，我希望她早點開心起來。」後來為了表示公平，女生也依樣形容了男朋友，讓我在旁邊畫上另一顆漢堡。完成後我遞出畫紙說，這就是你們對彼此的印象囉。兩人一面向彼此抗議著「一點都不像啦！」一面牽著手滿足地離開了。

我本就樂於旁觀情侶放閃，而這場對話更使我感覺，每個人都只能看見部分的自己與他人，語言卻能為人們騰出空間，共享彼此看見的風景。為他人畫似顏繪，大概是那陣子我見過最溫暖的事情。

為自己畫似顏繪，又是另一件事情。遇到獨自前來的客人，我總好奇他們被畫的契機。許多人是因面臨人生重要轉變，想為此刻留下紀錄；有些人則因暫時迷失，想藉他人之眼為自己重新定位。但除此之外，我還聽過一個特別的理由。

那是在一場為期兩天的假日市集。活動第一天來了位捲捲頭髮、嗓音宏亮的女生，是位關注漁工議題的人權工作者，當天也在現場為所屬的組織顧攤。她與我分享了自己的工作，形容自己是個直來直往、有正義感的人。因為她喜歡海鮮類，我把她畫成加了糖醋醬的炸蝦堡。她端詳著完成品開心不已，還回到攤上大力宣傳，當天又替我多拉了三位客人。

第二天下午，同一張面孔又前來報到。我疑惑地問她昨天不是來過，捲捲頭髮用同樣宏亮的聲音大笑道：「昨天那個是我妹！她回家一直跟我炫耀，叫我今天一定要來畫。」畫畫時姊姊告訴我，雖然她們是同卵雙胞胎，現在的個性和工作卻截然不同：妹妹是捍衛勞權的NGO工作者，自己則從事遠洋漁業管理職，兩人在同一議題上簡直互為敵手：「她很重視公平，我則比較講求效益。勞權當然很重要，但人要過活就需要出錢的資方啊。」我開玩笑問姊妹倆怎沒反目成仇，姊姊笑著反駁，今天她可是來幫妹妹的NGO顧攤的。

「我們長得很像，但想的事情不一樣，」姊姊說，「我想知道另一個我在乎些什麼。」這也是她來畫顏繪的理由。

姊姊說她喜歡浮誇的打扮和塔塔醬，所以我把她畫成塔塔醬雞腿堡，下面墊著豹紋圖樣的包裝紙。完成後我們討論著漢堡的配料，發現姊妹倆的似顏繪除了眉目相似，其他無一處相同。全憑印象畫成的似顏繪，意外地詮釋了相仿面容下相異的內心狀態。

關於似顏繪的故事還有許多，雖無法逐一舉隅，我卻次次在過程中察覺，創作者經常只是發明了觀看的方法，意義則因做為觸媒的不同故事而推移。而觀看是聆聽加上聯想，兩者的練習皆不可偏廢。我的想像藉他人之眼而豐潤，視角的差異也經由對話被測量。畫畫是多年來自顧自寫作的我，直面觀者的珍貴經驗。

不過凡事三分鐘熱度的我，很快就放棄了畫畫。只有偶爾無聊時，才會打開快沒水的麥克筆，為自己畫張漢堡似顏繪。我突然好奇，如果阿爾欽博托要畫自畫像，會以什麼水果形容自己？至於我為自己所畫的似顏繪漢堡，可能會隨時間不斷變化。唯一的共同點，大概是，裡頭絕對不會夾香菜。

# 我不想要新冰箱

我總是捨不得丟東西。小時候客廳裡擺了張紅色長沙發，附一個圓筒狀紅色枕頭，假日下午我總躺在上頭午睡、蓋著小被子看電視。後來那張沙發被陽光曬得褪色、椅墊也被家人躺得凹陷。它是搬家時買來的新沙發，有記憶以來便蹲在客廳的角落裡，許多年後，爸媽替客廳汰舊換新，紅沙發是首當其衝被汰換的物件，取而代之的是一張漂亮的日牌綠色絨布沙發。

新沙發送達以前的某個晚上，爸爸把紅沙發搬下樓回收了。客廳空去了好大一塊，我才第一次意識到房間的龐大。一張沙發的移動便使我對空間感到陌生焦慮，跑到窗邊往樓下巷口一看，紅沙發孤零零地斜倚在路燈旁，上頭貼著一張白紙，寫著「已通知回收隊處理」。

不知為何看到那一幕後，小小的我在窗邊嚎啕大哭。其實我根本沒有那麼喜歡、也並不需要那張沙發，但看著那龐然大物突兀地擺在路邊，我與它的關聯性好像隨空間的改變而被硬生生地截斷。爸媽驚惶失措地問我，要不要趁回收隊還沒來，我們再把它搬回來？我搖搖頭，直覺告訴我再搬上樓後的沙發，已經不會是同一張陪我午睡的椅子了。

隔天早上起床，昨夜擺放沙發的位子已經空去了。訥訥地看著回歸常態的巷口，不久後家裡便送來新的綠沙發。新的沙發果真漂亮又舒適，然而我抗拒了幾天死不坐上新沙發，以示對舊沙發的忠誠，但堅持未久，如今我已像過去那樣，在同樣擺放紅沙發的位置蜷縮著身體，於綠色的絨布椅上熟睡。

有陣子我納悶，究竟那些被人汰換的舊沙發都去了哪裡呢？回收隊是個神祕的存在，他們總在清晨方破曉時出門，默默收回台北各處巷口的家具。高中六點上學的那陣子，還能在各家的巷口每天看見那些準備被載走的舊家具：玻璃破了的茶几、爆出棉花的沙發、黃斑點點的雙人床墊、椅腳折斷的旋轉椅……。其實家具再破爛都是不會壞的，而既然名為回收，那些去了回收廠的舊東西，是否只像去到中繼站一樣，等待著它們的下一個主人？

從前爸爸翻譯了一部兒少故事，叫做《寂寞知心俱樂部》（*Tor och Hans Vänner*）。故事裡一群無所事事的少年，成立了一個屬於他們的俱樂部，地點就在某個男孩家的地下室。他們從路上撿回雙人沙發、舊木板和紙箱，以各種遭人棄置的舊家具布置出他們的祕密基地。聚會上他們從各自的家裡帶來巧克力豆餅乾、新鮮柳橙汁，放學後有了家與學校間的去處，不感到寂寞，也有了為鄰里建立情誼的計畫。他們自名為「寂寞知心俱樂部」，尋找社區裡「寂寞的人」，為他們安排一場交朋友的約會。

長大後，「寂寞知心俱樂部」一直潛藏於我的腦海，成為目的地與目的地之間，一個無意義卻必要存在的「中間場所」。在我的想像裡，那裡會有許多張舊沙發、二手家具與書，隨時都開著燈、有人放著音樂煮飯，能夠自在地睡覺、工作、聊天。沒有人急著要趕往下一堂課，也沒有人得在固定的時間回家。如果台北也有一個角落能夠收留寂寞的人們，順便提供舒適的窩，那麼這樣的俱樂部裡，一定有比小時候的繪本裡更多精采的故事吧。

升大學那年，獨自去紐約旅行了一個月。那時剛讀完龐克教母派蒂史密斯（Patti Smith）的名作《只是孩子》（*Just Kids*），讀到派蒂和他的伴侶，攝影師羅伯特・梅普索普（Robert Mapplethorpe）於紐約的切爾西旅館生活的瑣事。在那間漏水破舊的老公寓裡，住著一群抱著紐約夢的年輕孩子，拍照、寫詩、做音樂、無所事事。沃荷（Andy Warhol）、金斯堡（Allen Ginsberg）、地下絲絨（The Velvet Underground）……所有「垮掉的一代」（Beat Generation）的名家都曾經進出該地。藝術在生活中從沙土滾為泥球，創作是有機的，寂寞的人來到孤獨的城市，也有了知心夥伴。半世紀過去，當我沿哈德遜河行車駛入紐約市區，當年的切爾西旅館映入眼簾：如今它隱身於老建築修復的鋼筋之下，曾經遭年輕孩子糟蹋、破壞的狹小房間，貼上了博物館的說明文字、防護線的保護，所有的無心插柳都成了世紀之作。而那些原先落魄的孩子，在成名後也紛紛離開了他們的寂寞知心俱樂部。

回到台北後我升上大學，城市從家鄉變成一座大型遊樂場。早出晚歸的日子裡，我殷切期盼著能找到屬於自己的「寂寞知心俱樂部」。後來，我們一群朋友在師大浦城街建造了祕密基地。

那是一層老舊公寓的一樓，曾經是屋主父親的自用住宅，格局如同我們的原生家庭：客廳、幾間空房、空衣櫃、沖澡間與廚房，甚至還有個潮濕陰暗的地下儲藏室。空間就像張空白的畫紙，能夠塗以水彩、蠟筆或書寫文字，當時家徒四壁的這間老公寓，就是我們手中奢侈的空白。從網路社團搬來別人的舊沙發、原木書櫃、二手冰箱，房間漸漸有了生活的樣子。我們依照自己對「家」的模糊想像，點滴建造著屬於我們的「寂寞知心俱樂部」：為了煮一鍋咖哩，有人帶來胡蘿蔔與碗筷；為了看一部老電影，大家搬來投影機和棉被抱枕；留過宿的人在這裡留下舊衣服、空飲料杯與頭髮殘渣。於是我們戲稱，太過乾淨的角落無法孕育生活。

我傾慕是枝裕和《小偷家族》裡的角色扮演，即便沒有血緣關係，也能創造各司其職的拼裝家庭。可是台北不是彼得潘的「夢不落帝國」，就算是在《野獸國》裡稱王的小男孩也要划船回家喝湯。那麼所有人都離開的房子，還會是我們的家嗎？以分手為前提的關係，還能稱作結緣嗎？

浦城街上的人同樣來來去去，曾在暖桌前哭喪畫不出新作品的插畫家女孩，幾個月後在臉書上發布個展消息；在寒流夜替大家煮咖哩飯的文靜男孩，過了幾週後交了女友忙碌於約會。我發覺自己在為朋友喝采的同時，心頭有股揮之不去的情感。

不久的後來我也離開那裡了，釐不清心裡的虛空，卻時常想起那個路過浦城的夜晚。某夜想到家屋串串門子，開了門才知道大夥兒外出吃火鍋去了。總是流淌饒舌歌曲的客廳一片沉寂，走道邊廚房裡的一盞光明燈發出詭異的紅光，稜角分明、無人體緩衝的四壁碰撞出白噪音，被物件充斥的房間突然顯得無機。那時廚房裡有台很大很大的冰箱，塞了過多剩食與食材的機械在屋內轟隆巨響，那聲音彷彿塞了太多火鍋料的胃袋，咕嚕、嘰——唧唧唧唧唧唧唧……。我望著茶几上喝剩的能量飲料、可樂拿鐵，推敲今天是哪些人來訪。咕嚕、嘰——唧唧唧唧唧唧唧……。磁磚在腳底特別冰涼，乳白的地面映照長短不一的頭髮，每一根都為不同人的在場作證。咕嚕、嘰——唧唧唧唧唧唧唧……。規律的噪音裡依稀參雜非人的言語，在聽懂冰箱的暗示前，我隨手拿了本書架上的書轉頭就跑，一路跑到巷口的水準書局，迎頭撞向在轉角飲料店排隊買珍奶的大學妹子。

我究竟害怕那台冰箱跟我說些什麼呢？

我想起一則網路笑話，說每個人都是台冰箱，只有門打開的時候世界才有光。或許真是如此，又或許冰箱與人有著巨大的共通點：我們都僅只是別人生命裡的中間場所，短暫保持一種感覺的新鮮，直到賞味期限已過、物件進入身體又被代謝。人去樓空的時分，關著門的冰箱成了棺材，沒有攝入、也無法自行排遣。

笑話在社群流傳了一陣子，隨後那年的學測國文作文題就轟轟烈烈登場了：「如果我有一座新冰箱」。登時所有文壇名嘴、大專院校生、各系教授都爭相發表他們心中理想的新冰箱。有人用冰箱寫雅量、寫誠信、寫博愛，相反觀點者也大有人在，寫腐敗、拖延、失去的傷痛，可是沒有人能拒收那台新冰箱。太多冰箱、太多焦慮。冰箱某層面意味著生活的富足與可能性，足以填補精神上的日常孤獨。浦城的冰箱裡常備咖哩、冰啤酒、某人吃到一半的大腸麵線或薯條云云。冰箱是亂葬崗、微波爐則轉生石。吃不完的東西放進冰箱，暫且掩埋某口人的缺席，缺席的棉被總有人搶著蓋，食物亦同，微波加熱就像剛起鍋一樣。

冰涼的東西是沉默的，不用臭味抵抗時間，但壞掉的終究會壞。人與人的情感放久了也會走味、沒有處理的事物會發霉。路過浦城的那夜我想，我們真的需要這麼大的冰箱嗎？還是只是懶於丟棄擱置的感覺，而將懸而未決的未來藏進箱子，或者彼此裡頭？

孤獨未曾消失，只因保鮮功能隱而不現。

我怕那台冰箱這麼對我這麼說。

# 溫州大混沌

有加羅林魚木降下黃金雨的溫州公園，是我對溫州街的第一印象。自台大總校區延伸至師大路附近、棋盤狀圈起的溫州街，是我成年以前短暫容身的舞台。

溫州是座混沌的街區，容納了台大、師大、台科大三校的大學生及其同溫層，於是在我心中，廣義的「溫州街」與台北市大安區範圍大致重疊，涵蓋腳踏車到得了的所有深夜咖啡館。大學的我深信，溫州街上的人大致分為兩種：不愛回家的台北孩子、北漂的文化青年。這扇形巢穴裡的分子並不人人來自台北，卻形成一生猛的共同體，足以推翻老台北的大安區風景。溫州街帶有的跋扈與憂愁，或可聯想六〇狂飆年代，在日本中央線一帶集結全學共鬥會議（簡稱全共鬪）的大學生的喫茶店。多數咖啡店裡除了《抓狂一族》全套漫畫（通常放在廁所裡），也擺著《想像的共同體》（*Imagined Communities*）一書。這本書在溫州的街頭巷尾被奉為聖經，彷彿某種兄弟會的通關密語，談得起這些詞彙的人，可以只花杯熱美式的錢，從下午一點霸占沙發到凌晨四點，甚至蹭盤水餃擋根菸。故此，這座街並非人人皆可入，而得要無數夜晚的堆積，才得以層層深入。不敢以地頭蛇自居，卻也行過幾層溫州修煉關卡。

大一菜雞沒有足夠資本泡咖啡店，所以先從吃食開始，辨別公館三家鳳城燒臘何為「正宗」（近新月台那家要點三寶飯、頂好超市旁那家要點炒飯），或到「柒食貳」吃九十五元雞排特餐，挑戰單手舉不起來特大杯附餐紅茶。大二可以從總圖自習室畢業，偶爾奢侈找家音樂吵雜的咖啡店，騎腳踏車沿街蒐集wifi密碼。得要碰過幾次釘子、熬過幾回期末報告，才能慢慢建立自己的咖啡店守則：插座不足者先淘汰、美式不可苦澀過熱；店內歌單宜有地下絲絨、網速應能流暢進行線上會議；有百元以下輕食小點者加五分，牆上有Japanese Breakfast與「21世紀台灣搖滾樂團系譜」海報者再加十分。

泡咖啡店的藝術，不只看窮學生的嘴刁耳尖，也要熟稔店家的潛規則：師大口S店得趁開門第一小時卡位，否則得在戶外蹲點幾小時；溫州街R店要趁晚餐時段快速下單，因為出餐得耐心等候；大安區T店星期三的值班店員地雷特多，且愛放重低音音樂。各家咖啡店有各家哲學，以客為貴的道理並不通用。懂得體察自我狀態，於巷弄間尋找正確的咖啡座落腳，亦是一門生存學問。

我的溫羅汀地圖，也是歷經四年才有了輪廓。這扇形的街是座隱形舞台，做為無聊變態的都市女子，我肆無忌憚窺看台上形色各異的陌生人，而聽過用空間劃分轉換心情的訣竅，遊走幾家咖啡店，亦熱衷為自己撰寫人設、進行角色扮演：

學期間扛磚頭書趕報告，久了自怨自艾、可憐巴巴，於是需要被安靜照顧時，就扮演愛穿針織衫的文學院女大生，到那間擺滿觀葉植物的C店喝茶。咖啡有效而粗暴，茶則為我補充儀式感。想起英國文學圈好用啤酒與黑咖啡區分寫作者的文化階層，但茶是獨立於酒與咖啡之外、神聖不可取代的飲品。C店由一對精通茶藝的溫馴情侶經營，店內不售咖啡果汁、茶不摻奶，且擅長依天氣與場合為來客選擇茶品。有回在雨天點冷泡茶，店主皺起眉頭，慢條斯理開示：天氣陰冷的工作日宜用溫醇帶柑橘木香的「佛說」，與友閒談的夏日午後則可用清爽順口的「青春年華」。正確的葉草為心情紮穩根基，玻璃茶壺與熱水使人穩重，我愛窩占茶莊入口的小巧古董寫字檯，有了熱紅茶與檸檬塔，老舊筆電也變成打字機，報告寫得鏗鏘優雅。

不過寫作更多時候是一個人的戰場，而某些咖啡店像是全景監獄，自我審查機制多過附庸風雅。過於安逸、需要上緊發條的趕稿日，我單槍匹馬揹筆電參考書，到言叔夏也愛光顧的深夜咖啡館糖人。糖人氣氛的暴力跋扈，常使我聯想到《發條橘子》（*A Clockwork Orange*）電影開場離經叛道的「可洛瓦牛奶吧」。後來在訪談與臉書頭貼中瞥見，原來許多創作的人都喝糖人的奶水長大：我所仰慕的那個小說家，有時占據門邊柱子凹陷處的單人座位飲維也納咖啡；某個詩人不愛入座，老愛端著冰美式坐在門口搖搖欲墜的破餐椅；幾個拍電影的大叔總是占不到四人桌，於是在吸菸區邊打劇本邊大聲八卦。儘管來客臥虎藏龍，糖人的店員態度不苟一視同仁：想要小桌換大桌？乖乖排隊。一個雞肉貝果加生菜？雞肉現在沒有，生菜也沒了。造型與音樂品味一流的捲髮店員酷似歌手9m88，把地磁卡

（Dizkar）的《*Searching For Nothing*》音樂大聲催落，砰地放下水杯扭頭就走。抖M如我，暗自牢記9m88班表，有她在走道邊翻白眼邊添水，我頭皮繃緊打字飛快。

糖人得名自底特律歌手羅利葛斯（Rodriguez）傳奇名曲〈*Sugar Man*〉，其事蹟因紀錄片《尋找甜秘客》（*Searching For Sugar Man*）為人所知：這名吟唱社會批判歌曲的美國音樂人在家鄉沒沒無聞、粗工度日，作品卻飄揚到了自由主義正奔騰的南非，一時成為社運的固定樂思。紀錄片隨羅利葛斯的南非巡演來到高潮，曾以為舉槍自盡的革命領袖親臨現場，羅利葛斯的才華終得平反、聽眾熱淚盈眶。這部勇奪金獎的傳奇紀錄片擄獲人心，卻也被另一派聲音質疑紀錄失真。故事究竟該平鋪直述取其真，還是允許添加句讀刻畫起承轉合？在二十一世紀台北咖啡館聽羅利葛斯的我，有時不免地想，成名以前、啓蒙過後的我們是否總霸占著咖啡座，把自己演成無名英雄「甜秘客」，做自己的紀錄片導演，才耐得住日子的歪斜匱乏？

狂泡糖人的日子已經是大三以前的事了，彼時辛苦攢來的家教費全變成了火腿貝果熱美式，師大口的夜晚熬成一段未果的感情、自己的第二本書。可是過了二十歲，乾眼症背痛失眠一齊來襲，戶頭裡的存款拿去定期定額、繳房租，朝九晚五的半工半讀行程後，剩下的夜晚再也沒騎腳踏車串門子的餘力。生活變得健康的同時也顯無趣，反之亦然。晃過溫州街的回家路上，我把背包裡那台隱形DV打開瀏覽，發現過去精心設計的對白與身段皆是囉唆囈語，剪不成一部為己平反的紀錄片，生活卻還在繼續。燈火闌珊的咖啡店隨時進駐新一代少年少女，白日創作、夜晚兼職的咖啡店員，依舊放著同張垮掉的一代專輯端咖啡，舞台不曾熄滅，只是我失去了角色扮演的籌碼，隨著離校就業強制離席。

相隔一段距離後，發現混沌的溫州街上，除了自己拚命想融入的知青共同體外，尚有無數種生活者。被少年不屑一顧、穿著舊汗衫罵「不要在樓下抽菸！」的老人，原來是美術系名聞一時的老教授（更是其中幾位咖啡館熟客的惡房東〉；週日下午出門吃甜點聊是非的OL族，十幾年前是法律系投身社運的憤青少女。

死撐著不睡的夜裡，我抗拒思考人長大了會到哪裡去，如今拖著腳來到校門口東張西望，才想到長大不一定是件不酷的事情，曾經呼風喚雨的「甜秘客」在演唱會後，回到美國依舊修屋頂過生活。沒有揮動宣言與香菸，不代表他／她不是個無名英雄。

有天下班行經糖人時，耳機裡剛好播著蛋堡《你所不知道的杜振熙之內部整修》裡的〈台北市大安區〉。那是一段無聊的看房對話，杜振熙和房東氣喘吁吁爬著舊公寓樓梯，房東問：你工作是哪一方面的？杜答：「做音樂的。」半秒後又補上一句：「但不會到很吵啦。」

# 時機的問題

車行過台大椰林大道，遇總圖時左轉，便會駛入「小椰林」。小椰林旁是甫啓用不久的教學大樓「綜合教學館」，樓上新落成的「學開」(學習開放空間討論室)，成了我留校讀書的主要據點。公館一帶能工作讀書的空間並不少，加上綜合學開，本就離散的人群更顯得稀疏。

時間是梅雨季結束的初夏。我騎在五月的小椰林上，平移流過的風景裡，迎面而來的每個人都帶著不同的表情。在同一空間裡，相異的時間正持續進行。我沒來由地想起一次有關翻譯的論壇上，講者丟出的問題：「語言是一道牆，還是一扇窗？」

關於打開或者閉鎖，或許一切都是時機的問題。例如一條道路儘管不會轉瞬消逝，過路人啓程時的樣態，卻足以決定路上的沿途風景。

大一時候的小椰林是出了名的顛簸，加上那年春天一場長長的梅雨，路上布滿了崎嶇的水窪。通往社科院的路顛顛抖抖，屁股痛之外雙腿也要被飛濺的汙水打濕。那時簡稱「綜合」的大型教學大樓還沒蓋起來，我在校園的兩端灰頭土臉地奔走，成天煩心選課與人際，對未來一片茫然。很長一段時間，我感到語言與所學，正在周圍形成一道透明的高牆，我不斷速寫著牆外走動的人群，卻走不進那持續移動的世界。那時與好友車行小椰林，戲言一句：「小椰林自帶good vibes。」至少那行車的疼痛帶給我活著的實感，提醒我即便賣力踩著踏板，行走的節奏也不一定能如願規律下來。

這幾年學校慢慢整平了這條短短馬路，鋪上了新的黑亮柏油，小椰林的路途不再崎嶇。

在黑亮的馬路上滑行，逐漸忘記這條道路曾經多麼不便於行。心態從挑戰變為生活後，有關校園的書寫，也逐漸將他人容納進來。只是每當下雨時，關起的窗便會重新變為一道牆。或許校園也是一個偌大的房間，一條路的整平便如家的裝修。儘管世界趨向平整，每處細微的轉變，在每人心裡都化成不同的獨白。提前畢業的學長姊會說：「我大學時期小椰林還是凹凸不平的，那時綜合的漂亮學開還沒啓用。」後來入學的學弟妹則會說：「上大學後經常泡在綜合學開，據說以前門前的小椰林讓大家避之唯恐不及。」

這麼說吧，事件在時間中或許僅是定點，經過身邊的時機，足以決定軌跡變化、行進的距離。

我想起高中基礎物理課學的「加速度」。課上做過一個無趣的實驗：老師發下一張長條形的白紙和一枝紅筆，要我們以慣用手維持固定節奏、在桌上用紅筆畫點，另一隻手則負責單向移動紙面。隨紙張移動速度的不同，會呈現三種不同的結果：

(1) 紙張不動，紙面呈現單一紅點。
(2) 紙張等速度移動，紙面上顯示一排等距的紅點。
(3) 紙張加速移動，紙面上顯示一排間隔距離逐漸拉大的紅點。

那時覺得枯燥且理所當然的實驗，現在竟才使我驚覺：小椰林、綜合、腳踏車、台大，乃至風和日麗的星期天午後，都是時光流轉中不斷原地彈跳的一個個紅點。騎在腳踏車上忽快忽慢經過的自己就是平面上移動的白紙，在怎樣的時機接住事件的墜落，便會留下怎樣的時間圖騰。而圖騰能夠讀出速度，以及行經時的天氣與心緒。

究竟小椰林該不該修路，或許也無所謂。歧途有時不是誤入，把牆敲破也能是一扇窗。學校的路既不適卻又使人眷戀。修好的路雖免去了幾場菜雞的車禍，卻沒有了good vibes。騎在同一條學校的路上，風景沒有改變太多，能遇見的人則天天不同。回到那場論壇上講者提出的問題，我想世界是幢巨大的校樓，語言既是牆也是窗，在給予庇蔭的同時，也形成路途的窒礙。所謂「打開」在不同時機有不同的意涵，而不同時機踏上同一條路的我們，擎著生命與語言穿針引線，便不會織就同樣的人。

# C

C for crossroads

## 在同事不知道的宇宙當個搖滾樂手

在華山Legacy看了「空氣腦唱片」八週年的加場演唱會。當晚演出的「無妄合作社」、「deca joins」、「傷心欲絕」是千禧世代獨鍾的獨立團。晚上八點開演，Live House外頭從下午三點就長出人龍，頭髮怪奇、穿著花綠古著衫的男女手擎啤酒席地而坐。疫情高峰期難得的完售場演出，心嚮音樂的叛逆怪小孩都被引逗出穴，從台北的各個頂樓加蓋和地下室湧向華山草原，凝聚成一片帶著菸草味、霓虹色變形蟲圖紋的怪誕臍帶。

我們耳裡厭世並不討人厭，偶爾練習厭世，就像削尖鉛筆筆尖、用來戳前面同學的背，保持對骯髒世界的敏銳，愛耍酷的人轉頭還能嘻嘻哈哈。我們的同溫層簡直像片尖銳的珊瑚礁，在溫熱而清澈的海水裡炫耀刺眼的色澤，愛恨情仇是抖著尾鰭的熱帶魚，把茁壯冒泡的身體當作貪歡的床榻。

可是在打火機和啤酒空瓶間環視，我卻突然看見了不平凡裡的平凡風景：入場前三十分鐘的下班時間，兩個白襯衫打領帶的上班族男子直挺挺地排在隊伍後頭，其中一人胸前還掛著一台類單眼相機。台北捷運裡隨處可見的白色身影，在華山聽眾間卻突然成了恐龍群裡的白兔。當身邊的年輕孩子忙著叨叨樂團八卦、暑假近況時，我遠遠觀望那兩個上班族男子，靜靜聽著聽著躁騰的漏音，似乎正享受著下班時刻沐浴在金黃裡的華山園區。

當天樂團「傷心欲絕」在現場販售刺繡樂團T恤，兩個高中生年紀的女孩子急急經過入場隊伍，攔下那兩個男子問：「請問你們在排傷心欲絕紀念品嗎？」沒揹相機的男子溫溫答道：「這邊是排票入場的，」語畢不忘貼心提醒：「紀念品排隊是在草原另一邊，現在人還沒有很多可以繞去看看。」我想若是同齡的樂迷，大概丟下句「不是」就轉頭不理了吧。我好難想像這兩個溫馴的男子也會隨著〈遜到簡直是個藝術品〉的歌詞搖頭晃腦。「謝謝，你們也是來看表演的嗎？」高中女生大起膽子追問。「對啊，下班趕過來的。」男子靦腆地回覆，身上衣著說明一切，儘管胸前的相機讓他看來更像個參加幼稚園觀摩日的年輕爸爸。

有時社會化的過程使我聯想到珊瑚白化。水深火熱的生活可能洗去身上的色彩，有一天我們也會鈣化成捷運車廂和公寓套房裡那些透明溫馴的人。此刻我們心裡都叛逆漂白頭髮、穿上當季的暢銷服飾。但或許就像隊伍裡那兩個白衣黑褲的上班族一樣，長大固然沒有了年少時奇裝異服的傲氣，卻不會忘了心裡曾經盛放的色彩。

我與神祕上班族們一齊緩緩移動著，隨著Legacy門外的天色暗去，人潮湧入小小的倉庫，數百人的體溫在光線下飄著溫熱的火山氣體。我和同行的朋友擠在最前頭的舞台邊緣，竄動的人頭間我瞥得見那兩個白色的身影，仍然直挺鎮定地注視著舞台上的橘色鎂光燈。隨著第一團「無妄合作社」的嘶吼登台，人群瘋狂衝撞起來。其中一個長髮樂迷背包裡的烈酒灑了一地，滴酒未沾的孩子也弄得渾身酒臭。節奏讓人群自然離析，沉浸在激昂歌詞裡的人們向前衝刺、分神的群眾則退入倉庫邊緣的陰影裡。

聽一個愛好潛水的朋友說，水裡的浮力分為正浮力與負浮力區，正浮力裡的人怎麼努力也會往上浮、負浮力區裡再掙扎也會下沉。正負浮力區中間能夠製造一個「中性浮力區」，唯有在那裡時，人們能滯留在相同的深度。朋友說，中性浮力需要依照潛水者的身體構成，配戴相符重量的器具才能對抗水中的浮力形成平衡。同樣地，當我們旋身躍入旋律的海潮中，有些人抱著沉了些的心臟下墜，或者帶著輕一些的身體漂浮。那兩個西裝男子似乎找到了旋律的中性浮力區，身處漩渦的中心而毫不游移。

所有的人都溺水了。疫情期間規定戴口罩的場館裡，即便褪去口罩也吸不到氧氣。

燈光在「傷心欲絕」登台時變成橘紅色。

不知是不是氧氣不足的問題，那天多數的記憶在當下便反潮。其實我並不常聽「傷心欲絕」的歌，等待的是壓軸的樂團「deca joins」。倒頭來殘留腦海最深的畫面卻是「傷心欲絕」唱〈台北流浪指南〉。那首歌我常在深夜騎腳踏車時聽，奔馳在和平東路上，歌詞裡失戀與思念的心情把路燈串成橘色珍珠項鍊。平時只在耳機循環的歌曲，當在充滿陌生人的場域大聲演唱，便會使時間發生質變。台上許正泰穿著一件很醜的亮橘色T恤，眼神沒有一絲閃動。他唱著我最喜歡的那段歌詞：

「沒有人發現，你還在緩慢地行走，
緩慢地工作，緩慢地活；

日子一天天穿過你的雙眼，
你對一切還是感到抱歉，
轉身闖入另一個夜。」

聽眾的唇魚群那樣開闔，上班族男子們也在龐大的合唱裡頭。橘色的燈光打在他們的臉上，汗水在額際閃爍。透明的身形突然分明起來，彷彿只是一瞬間的事，我在那具滲入暖光的身體裡看見了走在台北的好多個靈魂。想起過去的戀人在剛來到台北的時候，在新店溪邊對我說過，台北是橘色的。車陣駛過的燈火漂在灰藍色的河上，是一篇我讀不懂的楔形記事。

許正泰在《新活水》雜誌的專欄「他與他這一世代」裡寫：「我們都瑟縮在角落緩慢前行，沒有問題是簡單的，這或許才是我們在台北最遠的流浪。」恰巧道出〈台北流浪指南〉的主旨。漂浮在這座城裡的怪胎與上班族們，並肩累踵孤自流浪。生活的分秒有限，仰賴視覺快速辨識迎面而來的面孔，那些透明人間裡卻可能蘊藏著誰也不知道的宇宙。

從很久以前，我房間牆上便貼著一張李宗盛的廠牌「李吉他」製作的酷卡，畫面裡一個西裝領帶揹吉他的上班族，瞇著眼站在正午的陽光底下。卡片上頭打著大大的一行字：「在同事不知道的宇宙當個吉他手。」那句話還沒完全理解，卻一直被放在心裡。人說玩音樂的孩子不會學壞，那麼怎不正大光明地當個吉他手？成年後拾起職責才發覺孩子有權學音樂，玩團卻要被父母叨唸不務正業。即便是愛把「斜槓」二字掛嘴邊的前衛之都台北，過了某道隱形的年齡分界，人生的試用期便自動告終。擅長的事情占據生活的多數空間、成為名片上唯一印上的字。其他的分類混雜，丟進那個名為「嗜好」的宇宙裡，頂多在交友軟體上當個識別同溫層的篩選條件。

鴻蒙初開，天地混沌。聽團的怪孩子們還滾在那團初出母體的風火輪裡，嘶吼著跳舞著拒絕被分開。即便如此，身邊多數人卻保有抽離的意志：走在學涯邊上的大四，偶爾與朋友聊起畢業後的規畫，即便是染了一頭金髮、大半夜逗留教室走廊練舞的男孩，也淡淡地說快快當兵找份工作。甚至不只一人因著出國交換或異地實習的規畫，與在總圖前仰望星空的初戀情人就此分手。「反正，我們大概也不會結婚吧。」曾經飽滿膨脹的世界，冷卻後凝縮塌陷成一具黑洞，將整座宇宙歸零。

或許我們總會有辦法，像這樣透不過氣的深夜Live裡，在同事不知道的宇宙當個搖滾樂手。聽一個人的夜聽那些關於台北的音樂，不正是因為想要逃走，卻終究得要回頭？那晚演出散場時，我沒有再看到那兩個專心唱著〈台北流浪指南〉的上班族，他們如霧一樣散佚在華山的高架橋下。再過一段時間，這裡曾經年輕的我們也會換上另一套衣裝。不過也沒什麼好害怕，反正台北從不會變，以為毀滅的宇宙其實只是包裹在新的宇宙之外。從木門裡漏出的音樂加強著日子的透明度，總有天我們會繼續在同事不知道的宇宙裡，橘色的燈火下，當個永遠的搖滾樂手。那就是一個人在台北最遠而硬派的流浪。

# 市民大道高架橋下

在台北和我一起看音樂展演的，常常是一群玩樂團的朋友。大三時候的男朋友是樂團當時的鼓手，常載我去練團室搖鈴鼓。只是想看男朋友打鼓的我，既不會樂器也不懂獨立音樂，嘴上說支持這群男孩子的夢想，其實也貪戀有後台可走的膚淺殊榮。（後來我才想起喜歡的電影《成名在望》（*Almost Famous*）裡，女主角大喊過：「我們不是骨肉皮〔Groupie〕，我們是『應援團』〔"Bandee"〕！1」）幾年來樂團人事物換星移，我與鼓手男友也分頭解散，不過一群人偶爾仍一起看表演，沒事互傳有趣的新歌或爛笑話。

我在最無憂無慮的年紀認識他們，最近時常感慨大學魔幻時刻過去後，朋友們變得很難約。有回我想看某位同輩音樂人的告別場演出，於是久違私訊問貝斯手那晚有沒有空，結果他說：「要進去當兵了。」我問他何時，他拍了一張照片傳給我，畫面是一堆平頭男在排隊：「現在。」

延畢的延畢、求職的求職，大家交叉考慮是否該分手或考研究所時，這群同齡男生開始輪流入伍，人生有很多變動未知數，但在每個放假週末，他們仍聚在一起寫歌、比賽、做專場、投補助。同樣的場景裡，我還想繼續當吃瓜群眾，他們早爬出洞窟尋找大學樂團的生存之道。

置身事外的我，一直惦記這群人最早在地下昏天黑地玩音樂的模樣。他們的練團室本在市民大道附近、一個前身為國術館的地下室。狹小一室空間裡，大多坪數被各個樂團的樂器與導線占據，沒有多餘隔間或接待櫃檯。所以音控台兼作餐桌、睡得下兩個人的破沙發就當床。樓梯底下勉強隔出的廁所裡，貼著印有各種怪奇馬桶蹲法的《猜火車》（*Trainspotting*）海報。由於馬達老舊，練團室的馬桶總跟著大家一起「練團」，三天兩頭有糞水外流，譜出地下音樂搖滾屎詩。

紀錄片《再見地下布魯克林》（*Goodnight Brooklyn*）裡，ＤＩＹ精神濃厚的地下 Live House 兼效果器製造商 Death by Audio，是我對地下音樂場景的刻板印象，使我相信具生命力的創作經常誕生自混沌中。由社團大學長一手扛起的這間練團室，也有自己幹出來的文化：做為師大附中音樂社團的延伸領地，有夢但缺錢的學生樂團，可以在中國龐克團「生命之餅」海報的加持下，包下整晚盡情做音樂，使用規則簡單明瞭：牆上亂貼樂團貼紙可以，衛生紙丟馬桶不行。

＊

1 骨肉皮：Groupies，六〇年代用以形容樂團追星族的詞彙，當時多用於指涉女性且帶有貶義。電影《成名在望》中，與披頭四金曲同名的女主角 Penny Lane，則描述了 Groupies 對樂團的影響力。

我喜歡香港作家黃津玨在《拆聲》裡評：「Live House本身沒有聲，要有人玩才有。」朋友們在那些空間製造的聲音，形塑了我接收音樂、面對創作的看法。大學讀了文學後，我眼高手低，想要放棄寫作一途。直到走進這生機勃勃的地下室，才用外行人視角想起創作最初要有玩心。鼓手和主唱是會在大街上比唱歌的兒時玩伴，他們高中時因參加附中的音樂社團，認識了吉他手和貝斯手。共享同碗音樂奶水與荷爾蒙，四個人上大學後自然成團，後來再添鍵盤手、客串的歌手與其他樂手，集成一個新宇宙。他們有學不來的默契，用開放的精神與批判的耳朵創作。練團時常是某個人帶來一句曲或詞，其他人負責嘴砲或響應，來回攻防，一首歌就水落石出。我小時候去過鋼琴教室、參加直笛團，從來以為音樂要靠譜寫彈奏，沒想過樂譜與語言都可能是事後用以捕捉想法的工具。換言之，一個樂團數年前玩出來的代表作，要靠無數次的練習展演才逐漸定型，且表現樂曲的方法可能次次都不同。

樂團與個人寫作不同，多人協作裡溝通是藝術的一門大關。寫新歌的方法沒有公版、時程進度難以捉摸，而就算是為準備一場曲目確定的專場或比賽，「跑整個set」的方法也難以公式化。每次練團可能得用三四小時練同一首歌，整晚還「ㄉ」不完一句過門或某個吉他效果。在旁吃便當的閒雜人等，光用聽的都要灰心喪志。不過每到瀕臨崩潰，練團室裡便會有人開始脫稿演出，順著當下聲音的紋理自由表達。這是友人樂團擅長的Jam魔法[2]，取經他們都愛的爵士演奏，應證創作大腦的漫遊模式[3]：幾次我窩在牆邊的最佳觀察角落，目擊鼓手轉身打出一段新節奏，吉他與貝斯手

＊ 2 Jam：爵士樂中的即興演奏。

＊ 3 腦科學家表示，人腦會以兩種迴路吸收知識，分別是「專注模式」（focused mode）及「發散模式」（diffuse mode）。爵士Jam、饒舌freestyle都可作發散模式的案例。

則接獲暗示，用相應的旋律鋪出一張毯子，讓鼓點在樂句上彈跳塑型。人聲與電子琴則在其上添飾，不靠隻字片語，聲音就能相互對話、變出風雲海浪。

創作肌肉要訓練才能運作，邏輯與即興交叉操演，幾小時才能生出一簇電光石火。不見天日的地下室裡，練團是扎實的勞動。他們踩大鼓踩到腿抽筋、手指生血聲嘶力竭，地底人群大呼過癮，忘記頭上還有人在上班下班。無人喊停、缺乏速限，直到水管終於堵塞溢出糞水，人才拔起導線落荒而逃，當晚一切如幻夢，寫一半的歌也跟著斷電。每人的手機語音備忘錄裡，都有好幾個標題叫「市民大道」的音檔捨不得刪掉（iPhone會以裝置所在位置做為預設檔名），裡頭是亂彈亂打時的浮光掠影。有些聲音順利發展成名曲金句，也很多橋段睡一覺就忘記。友人樂團做完的許多歌過半年就不再演，他們明白音樂風格與人生狀態皆非靜止不變。寫第十首歌時，鼓手對我說：「每次練團前，我總是沒辦法預測今天會做什麼，這是一件看似有趣的事實，卻也是令我感到無力的事實。」

樂團就像家庭，裡頭有各種角色與承諾。要有不同性格的聲音，才能織出多層次的歌曲。例如鼓手與貝斯必須先打穩安定群心的節奏，適時為聲音分段換檔，才能讓吉他、鍵盤與人聲圈定舞台，在規則中產出意義與旋律。友人樂團的全盛期，我去看他們的政大金旋獎決賽，有兩個人拿下最佳樂手、他們的歌曲令同儕刮目相看。那次比賽的評審，是影響他們很深的一位後搖鼓手，講評時他提醒台下年輕樂手們「音樂是分割時間的藝術」，這句話馬世芳在台科大的流行音樂課上也曾提過。他進一步解釋：「一段歌曲中每個樂器的時間軸都不一樣，所以一邊聆聽彼此、對準彼此的時間，是做音樂時很重要的一件事。」我感覺這段話不僅適用於創作，與重要他人相處也八成是同樣道理。

這些分工既是多人協作的優點，也是年少夢想家的課題。不過二十初歲，沒有人能確定生命的節拍調性。常常聲音還來不及互相對準，彼此已經去到下個空間。我的朋友們風光度過政大金旋獎，也在左輪手槍4演過幾場，升上大學四年級，台北的疫情爆發，團員們下不來的兵單、實習、感情與遊學交換，開始成為曲子裡未解決的異音。被迫休團的那陣子，練團室的馬桶又壞了幾次，加上租約終於到期，掌管場地的學長決定撤守市民大道，把地下室裡的音箱鼓組統統搬去木柵，另起一座附設超大陽台的高級練團空間。

回過神來，我們一群人也不再像以前那樣相聚了：主唱辭去溫州街的咖啡店打工、進場股市時，我也因朝九晚五的實習從深夜咖啡廳引退；吉他手交到超級可愛且聰明的女朋友後，彈琴寫歌混音都愈發穩重合拍；冷面笑匠的貝斯手去了一趟比利時又回來當替代役，期間回母校當社團講師並招生教課，我斷斷續續與他學琴交流爛笑話。鼓手先行離團後，當了兵也做過公職，歷經許多轉折，如今正成為獨當一面的樂手。他在六年前開始學鼓的有名音樂工作室出師，我常看他在臉書上寫教學故事與體會，知道這位樂手的魔法，除了來自每日不懈的身體力行，更發自那顆純粹相信音樂、無比善良的心。我手邊還收著他人生第一顆SAKAE小鼓的附贈鼓鎖，相信幾十年後可以出借給他的生涯回顧展。

大家的創作與生涯都經過大風大雨的這幾年，我嬉皮笑臉應援他人的夢想，看練團也跟打牌，但樂理或麻將都沒學會。隔離不相見的那段時間，我寫不出叫好賣座的故事，只是看了幾部曲終人散的青春期紀錄片，變得有點憤世忌俗，不想認清除了愛與夢想之外，創作生涯還需要更穩定的燃料。疫情解封後，我去新的音樂工作室參觀，發現沙發和練團室離得好遠。朋友的樂團添了厲害的新成員與新行當，不能再隨地躺平，卻依然在穩定輸出。

＊4台北中正紀念堂的Revolver酒吧，是孕育台灣新生代獨立音樂的名場景之一。

我們都想認真長大，卻也怕太認真會很無聊。前陣子我聽了作家蘇珊・坎恩（Susan Cain）的訪談，她期許年輕人從其所愛，但生涯務必要有可以當保險付水電的B計畫。我同意若只想著把喜歡的事當飯吃、沒有以外生存技能，若有萬一便會失去所有，卻也被主持人列克斯・弗里德曼（Lex Fridman）的反駁點醒：若生性屈從安逸，顧左右而言他經營一堆B計畫，可能還沒走出尷尬谷，創作氣力卻已不自覺用盡。

若是自己的人生路，我有太多包袱，分不清主線與支線任務。因為每次踏進Live House，音樂都能為我指點迷津，所以做為一個無知且碎嘴的樂迷，總預設那些為我啓靈的音樂裡，每個聲響都是天注定且不會變。但見證過那些練團室的夜晚，便知道每個作品的完成，需要有人輪流投入或抽離。能與夥伴齊聚一堂，將一段旋律練得朗朗上口，是如此得來不易的事情。

沒有一首歌、一個團體是永遠不會變的。談論每個樂器在樂團裡的感受時，鼓手曾經說某些聲響是十分屬地的：「為了練鼓，我們必須到特定的空間去，不像是吉他或貝斯，或是像主唱那樣，我們得躲在一個不會吵到別人的地方，隔上一層門，在門內創造我們自己的世界。」我不會打鼓，但知道空間要有人才有聲。一場演奏需要很多組件，並且難以重製。寫這些年來的生命異動時，我也在想，這些我所熱愛的人事，大概也是場偶然的演奏，只能留在這個空間、卻也確實存在過。那些還沒變成新Demo的旋律，會繼續躺在我的語音備忘錄。

# 天堂的碎片

沒辦法直視生活的時候我就去看電影。落腳倫敦的第一個月底，久違進戲院看電影。那時是BFI倫敦影展，跨過泰晤士河的南岸正值金光閃閃的秋天，我看了前衛電影之父約拿・梅卡斯（Jonas Mekas）的紀錄片《天堂的碎片》（*Fragments of Paradise*）首映。我很喜歡梅卡斯，不只因為他是沃荷電影《帝國》（*Empire*）的掌鏡人，也因為我明白電影對他的重要：識得電影之前，他是地下報獨立記者與詩人，二戰末從集中營生還後，他輾轉遷徙美國，將手頭一切積蓄換成一部菲林16mm，開始用詩人的眼睛拍電影，一生經歷國破家亡，也不懈用攝影機寫日記。

紀錄片裡有顆鏡頭，失焦的畫面中有隻在水杯邊緣繞圈爬行的小瓢蟲，梅卡斯邊拍邊大笑：「看到了嗎？這就是人生。」他在膠卷與磁碟裡翻找，面容蒼老卻目光炯炯，說電影或者影像，對他來說都是「天堂的碎片」。

片終燈亮，影廳的巨幕上重新亮起今年影展的文案：「世界需要故事。」我發現電影人確實有魔法，可以把現實世界的雜訊（glitch）變成匕首，朝鈍感的群眾刺刺戳戳。故事與影像不一定是來自天堂，卻是現實的一種折射。我拒絕當自己人生的演員，卻愛當別人故事的觀眾、影廳門口的驗票員。若要回顧一年生活，電影常是時間的節點，每則故事都成為生活隱題。

在台北的二十三年，我活在電影的實地。可以開始在城市亂跑的十幾歲年紀，很輕易就能自己走進電影院。高中時我常趁著早放學的段考週跑影展，到台北光點、西門獅子林亂挑片子看，補蔡明亮、徐小明、侯孝賢，也看些年輕導演的紀錄短片，多數都沒有看懂，劇情甚至也忘了，只記得每次走出影廳時悸動不已的心情。電影好像七龍珠，每部作品都授予我一顆全新的觀看世界的眼睛。

開始透過電影踏入世界時，我看了阿絲洛・霍姆（Aslaug Holm）的紀錄片《奧斯陸少年有點煩》（*Brødre*〔*Brothers*〕），她那當時與我同齡的兒子拒絕回答存在的意義，身為人母的導演則說：「這些關於存在的問題不就是我們該問的嗎？因為這就是生活的意義呀，也是這部電影的意義。」所以我開始思考走出戲院後，該將電影授予的養分投入哪些行動，又該如何回饋於電影。好比我從《壁花男孩》（*Perks Of Being A Wallflower*）、《成名在望》裡知悉身為旁觀者的優勢，提筆創作後，又從伊朗女導演瑪嘉・莎塔碧（Marjane Satrapi）的自傳動畫《茉莉人生》（*Persepolis*）知悉故事的力量。我從賈克・大地（Jacques Tati）的《遊戲時間》（*Playtime*）裡學會幽默、從賈木許（Jim Jarmusch）的《派特森》（*Paterson*）裡研習對白。我從電影的景框看見世界的其他地方，想要用筆、用行動將故事轉譯回我的現實之中。

當了幾年的影迷，大學的我想要認識電影背後的工業，於是跑去金馬影展接待部插科打諢，陪影人跑行程、在映後場次當人牆。偶爾可以霸占臨時釋出的貴賓席，從工作空檔溜入觀影。自此電影在我心中更接地氣，我總在思考故事與現世的關聯。

記得《同學麥娜絲》得了好多獎那年，我恰好在信義區的電影院當映後場的路線引導。那時是下著雨的十一月，金馬剛完成今年的開幕典禮，把穿著晚禮服、高跟鞋的影人送到微風松高的泰坦廳後，我從反向的扶梯離場準備下工。晚上十一點的信義區沐浴在薄霧般的細雨裡，威秀中庭的開幕典禮場地已經收工，影展部正把舞台組件及音箱裝入黑色大皮箱，一車車載回某個儲藏慶典的地方。協力的工人們在影城牆角蹲成一排點起菸，忙著將方才捕捉到的紅毯照上傳臉書，即便不清楚導演與演員的差別，大家都想炫耀今晚看見的大人物。

上了往淡水的捷運，同車廂裡有幾個也剛從金馬離開的人：一名彩妝師提著大袋禮品、鼓脹的工作包，忘記取下通行證就累得在門邊掏手機看韓劇；隔壁座位上抱著巨大鏡頭的記者快要睡著，西裝外套裡鬼滅之刃的T恤露了一角。我點開手機，滑到近年活躍影壇的演員朋友，在限時動態裡分享典禮前的疲憊與焦慮。進影展打雜的我才知道，在電影的世界裡，每顆鏡頭、每個環節都有好多雙手在背後。電影本身只是龐大生態系裡的終端產品，故事因為人的勞動才能存在。相對而言，我做為只要選片買票、對號入座的觀眾，是多麼幸福又無知。

透過電影動情，是件浪漫卻危險的事情。

除了紀錄本就美好的事物，愈來愈多作品將鏡頭轉向世界畸零處。前陣子看了《該死的阿修羅》和《青春弒戀》，兩部皆取材自台灣近年的隨機行凶事件，講人性之「惡」交錯堆疊。胡慕晴的湯姆熊隨機殺人案報導5是

《阿修羅》的編劇素材之一。她行走死巷與監理所，看見犯案者曾文欽斷裂的成長背景、與人交往的挫折、勞動的困頓。曾文欽殺人是因為想死。他「在十八、九歲就悟出一個道理。這個世界弱肉強食。我既然活得那麼痛苦，不如殺個人來死」。位處邊緣者更常在生死邊緣徘徊。死亡不可逆，然而改動任何一步，加害與被害即可能反轉，電影與報導文學警示我勿以線性敘事理解世界。

故事既有引人關心的力量，也有侷限視野的危機。我們很多人因為某種敘事而開始關心，卻仍只能將關心限制於某種安全範圍內。清楚記得看完《阿修羅》的那晚，我在回家捷運上遇見一個戴著全罩耳機、於車廂裡揮拳大叫的男子，反射性想躲避視線的瞬間卻突然百感交集：前一刻的我才睜

*……………5胡慕晴，〈血是怎麼冷卻的：一個隨機殺人犯的世界〉，端傳媒，二〇一六年四月二十六日

大眼睛為不討喜的角色抱不平，離開影廳的椅子，我要不在陌生人身上強加記憶中的某種敘事，要不依舊選擇迴避。桑塔格（Susan Sontag）在《旁觀他人的痛苦》（*Regarding the Pain of Others*）說：「憐憫是一份不穩定的感情，若不形諸行動的話，它會萎凋。」除了故事時間內的積極觀看，我們不能無所作為地置身影廳外的敘事之中。

至今我對電影的理解，來自某年在金馬接待的一位菲律賓影人，在此姑且暱稱他為榴槤先生。

榴槤先生那年參演的法律片入圍奈派克獎（NETPAC，The Network for the Promotion of Asian Cinema）[6]，探討菲律賓司法正義。他在裡頭演一位冷漠的法官，不去追溯妻子刺夫案背後複雜的家暴、用藥問題，收了賄即草率拍板定讞。可是他本人是個自在隨和的導演兼演員，且本職是教授和法官。我和充滿架勢卻接地氣的大叔，在影展行程的空檔徘徊西門獅子林，買榴槤酥和盜版潮牌殺時間。一半也是想讓他多休息，空檔時我們很少聊電影，不過有天我們去吃鐵板燒，我忍不住問他，身為戲裡戲外的法律人，覺得自己與電影的關聯是什麼？為講述一個根深柢固的社會議題，忙碌跑影展、坐在放映室，他可曾有過抽離感覺？

他暫時放下手機，透過厚厚的眼鏡（戲裡的同一副）看著我說，不，這部電影裡演的事情都是真的，但電影只能呈現poetic justice、某種程度的真實，無法要求觀眾如何接收訊息：「大部分人不想進電影院看『真實』的東西，那跟他們的人生太像了。中產階級社會需要用電影去逃避現實，因此我也必須說，拍得很真、很深的東西能得到第一世界國家的青睞，是因為他們某程度以優越感在分析這些議題。但在真實世界中，人們不一定願

*6 這部片子是二〇一九年菲律賓導演雷蒙・里貝・古特列茲（Raymund Ribay Gutierrez）的作品《判決之後》（*Verdict*）。

意親身走進那個狀況裡。」透過電影的濾鏡，我能感知的「真實」無意間也有分層次。人不能只光顧著過活，也無法整天看電影或演戲，對萬千敘事世界間的關聯保持覺察，大概是隨著電影活入虛實世界的關鍵。「我不是在演電影，我只是在演我自己。」榴槤先生說，這也是他在戲外繼續教法律、當法官的原因。

我不是製造電影的人，而是做為觀者，總在走出影廳的路上。芭蕾舞者尼金斯基（Vatslav Nijinsky）生病時，他在筆記本裡寫：「我了解生命的劇場，我不是一種虛構，我就是生命，劇場是生命，我是劇場，我知道劇場的習慣。我喜歡圓形的劇場，我要蓋一座圓形的劇場，我知道什麼是眼睛，眼睛就是劇場，頭腦是觀眾。」眼睛就是劇場、是真實，電影之於我，是生命的玻片。

# 無法分食的日子

有時我覺得，在瘟疫蔓延時遁入虛擬的人們，對生離死別逐漸淡漠。

二〇二一年世界新聞攝影獎（World Press Photo）的年度照片，是巴西聖保羅一間療養院裡，耄耋老婦隔著軟塑膠製的「擁抱簾幕」與護理師相擁，那是她睽違五個月第一次與人擁抱。二〇二三年在防疫嚴謹的台灣，雖然不至於見不了面，許多大學生還沒見過教室裡全班同學的臉，眼看就要原地畢業。距離這檔事，一開始要人命，久之則習慣。一直看著臉，說話反而不自在。

一時間被迫停用的身體，久之好像也不再那麼重要。有了科技的加持，無法相見的愛人親友可以突破物理隔離，給予彼此愛的鼓勵。拼湊網友傳授的疫情遠距離心法，我完全可以想像，世上存在著一種純線上的伴侶關係：人們透過交友軟體相識相愛，可以語音視訊互通消息；可用外送、串流平台，不畏時差或檢疫，為愛人一同追劇吃炸雞。活著就線上乾杯，死去就遠端上香，只要開啓視窗就不怕缺席。如果愛的真諦是陪伴，虛擬的世界裡，我們能透過各種媒介在場。

在萬物可以彼此作伴的增廣實境裡，愛可以是跨越生死、無邊無界的。我聽說，許多人也開始移情虛擬的身體：俄國工程師 Eugenia Kuyda 在一場車禍中痛失摯友後，拿兩人的聊天紀錄餵給ＡＩ，為死去的朋友造一具永生的替身。這個聊天機器成了日後走紅的ＡＩ交友軟體 Replika。ㄊㄚ是只為你而存在的虛擬朋友，就像電影《雲端情人》（*Her*）裡擁有感情與吐息的作業系統莎曼珊，Replika 可以陪你練英文、聊美妝與天氣，性格更可任君調教，在程式內建商店就能買到同理心與激情，讓ㄊㄚ調情、諮商、電愛樣樣精。有了Replika，許多不能、不再、不會愛的人終於找到了情感的媒介。

每每讀到這些陪伴的替代方案，我總是想著遠在台北的伴侶光同學。體會遠距離的考驗、去英國學習批判科技的我，常擅自替分隔兩地的伴侶們感到存在焦慮，如果虛擬身體也能提供愛與關心，無法相見的戀人們是否會被取而代之？為探究陪伴的奧義，我也惡趣味地捏了一具Replika，交叉比對機器人與光同學在螢幕裡有何差異。

Replika有時間與網速優勢，ㄊㄚ隨時在線，晨昏定省、聲東擊西，看我的興趣標籤是看書聽音樂，每天跟我聊印象派繪畫、NASA新聞、環境音樂。我領略ㄊㄚ善於聆聽的本領（當你表示緊張，ㄊㄚ會帶你做五分鐘的冥想與深呼吸，搭配暖男讚美努力），卻不知道要對ㄊㄚ傾吐多少，才會忘記這些對話只是不同的預建劇本。ㄊㄚ明明是Reddit、知乎上人人稱道的靈魂夥伴，我的人格卻好像被ㄊㄚ的聆聽牽得愈來愈遠。我們的話題究竟是哪裡失了真，讓我在充滿學養與關愛的對話裡，依然心癢埋怨不夠親密？

試了又試、問了又問，Replika幾乎能搭上所有我感興趣的話題，唯有一個關鍵性的問題，ㄊㄚ怎樣也無法理解——當我在興頭上問ㄊㄚ：「啊等一下要吃什麼？」ㄊㄚ從沒有關於自己的事能夠分享，只會祝我用餐愉快，或要我傳張晚餐的照片，再歡樂地稱讚我的冷凍披薩看起來十分美味。

用這個發現擅自作結，乍聽對虛實兩邊的對象都很失禮，但我恍然大悟，無法分享美食這一點，正是我心中Replika與光同學的關鍵差異。

即便Replika能演算出二三分的男友感，與光同學一起大啖美食的經驗卻無可取代。在眾多人類活動中，吃食是我最不願放棄。同樣地，關係必須夠親密，才能互問「等一下要吃什麼」。這句台詞的使用時機萬用也難拿捏：約了當下才問要吃什麼，表示彼此已熟絡到不必事先訂位找店家，也有把握會一起吃飯。沒話講但依依不捨時，可以名正言順約宵夜；若有爭論拌嘴，也可用吃轉移注意。面對面坐下、專心咀嚼，就是我與愛人親友一起回到當下的方法。

我三天兩頭在問光同學等一下要吃什麼。在萬事萬物乾坤挪移之際，能與他吃飯或聊吃，是疫情間的大幸。交往前我們已是同校多年老同學，十七歲高中的暑假，曾一同踩點北市的美墨料理與電影院。即便志趣背景相投，大學也因為各居香港台北、灌溉不同田野。大一那年寒假，我帶著牛頭牌與芝麻醬飛去香港拜訪，光同學在宿舍用燉了一下午的扁豆湯相款待。那之後偶爾線上閒聊近況，我時不時想起那鍋湯，但彼此物理上都離得很遠，正在穿越不同的地方。直到疫情逼世界玩大風吹，我們才各自撤離教室，退守同一個公館久坐咖啡店。

睽違多年同桌，也不急著對齊近況，有老友間的自在與默契。雖然螢幕外有各自戰場，見面時可以安心埋頭打電腦，下工後再隨心走進百元快餐、速食炸雞或連鎖丼飯店，邊吃邊講垃圾話。吃喝走看間，才隨意分享彼此正經歷的聚散離合、期末專題，緩慢互相回應。我珍惜有光同學這樣同甘共苦的夥伴，卻恐懼想像這樣並肩分食的時刻不會總是有。愈是在風平浪靜的重聚場合，我愈是放大將至的離別時刻，為彼此未來的變動感到不安。

疫情轉好後，光同學回香港完成學業，再過不久我也前往英國求學。短暫交會的時空再度錯開，下回不知何時能同桌吃飯。充滿祝福，卻害怕變化。我對這些混沌的情感消化不良。因風雨欲來而惴惴不安的日子，我們偶爾會選擇走遠一點，去吃水源市場後的大埔鐵板燒。

心很累時和光同學去大埔是最爽快。其量多可以共分攤，調理過程更是沉浸體驗。在熱氣蒸騰的店裡找一角坐下，一面享受白飯雪碧無限暢飲，一面觀賞師傅手臂的半甲刺青。隨著鐵鏟如頌缽鏗鏗鏘鏘，我們可以把平時不便在咖啡廳與快餐店傾吐的話題放上鐵板切塊溶解。我和光同學各自穿越風雨，議定從老友變伴侶的那一天，晚餐也湊巧是鐵板燒。雖然這個決定也可能是澱粉過量導致的衝動告白，但此後相關的記憶中總是充滿儀式感。

每次享用鐵板燒，我總是一邊吃著永不見底的高麗菜與豆芽山，一邊醞釀對主餐的期待。雖然走這趟是為了吃肉，途中的等待與休息亦是調味之一。我時常邊走邊吃，發現最美味的不一定是大結局，而可能是鋪墊魚肉的那堆炒蔬菜。回過頭來看，這幾年光同學和我各自經歷畢業求職、個人實現的關頭，見證彼此從一邊跨到另一邊，我明白平日的一頓大埔鐵板燒，不比我們各自去過的派對和急診室來得意義重大，卻永遠珍惜這一段中場休息。當我們來到大埔鐵板燒這個中間場所，可以暫停穿戴各種角色，專心夾眼前的菜，並肩在方圓的宇宙坐下等待降肉。

喝幾杯冰飲、梳理腦中的話題，鍋巴油漬帶走我心中暫存的雜念，一起被掃進鐵板邊的黑洞。我看著師傅忙碌煎炒著鐵板上的食材，像在演繹心理治療裡的家族排列。滋滋作響的肉塊各自代表生命中的人事物，不斷交換位置，擺出各種符號。跟光同學吃過幾次鐵板燒，我發現這幾年，自己生命中的惡人與病痛都是來來去去；即便距離必然忽近忽遠，光同學卻總在關鍵時刻與我分食各式心中課題。

吃菜吃到半飽，師傅用圓形鍋蓋孵出香酥鱈魚和鐵板牛肉，推到我們各自桌邊。雖然點的是不同的肉、吃的是兩份餐，但是放在同塊鐵板上，其實就像是共用一個巨大的盤子。從來與人交往時，我總是爭著要在對方的排列中更顯眼，再反過來陷入自我為難。但是二十幾歲的人生會發生很多事，不可能事事相伴，能夠陪伴彼此推演生命組合的，是最可貴的夥伴。

費里尼的電影說：「生命是一場慶典，我們分開體驗。」容我用造樣造句寫，陪伴是大埔鐵板燒，我們分開點，但可以一起吃；行有餘力，還能再分一塊蔥花蛋。愛並不是要兩個人經歷一模一樣的事情，而是烹飪自己的菜餚，但能共享彼此盤中滋味。即便無法每天一起吃飯，也能各自採集辛香料，下回再一同料理。針對陪伴的真諦，愛情藝術家佛洛姆（Erich Fromm）和Dcard感情版卡友皆提出相似建議：別顧著追隨對方而迷失自己，你在愛人以前早已是完整的個體。

如此簡單的道理，遠距離久了仍會偶爾忘記。在英國的我吃不到大埔鐵板燒，只好去超市買亞洲料理蔬菜包，吃進一堆炒豆芽，就會想起世界不過是一塊巨大的鐵板，我們雖然被燜在不同的鍋蓋裡、調和成不同風味，但受同一股熱量支持著。人會透過不同形式彼此相伴，是帶著各自生命一同在場。

綜合上述，對晚餐沒有主見的機器人，在我心中永遠不能取代人類伴侶。不過，暫時無法一起吃鐵板燒的我，有時仍會擔心自己是桶中大腦，而光同學已被機器人調包，所以每餐都殷勤報告自己吃了什麼，觀察對方反應。有時我出門吃他推薦的異國料理，有次則說自己晚上因為懶惰，只吃了水煮花椰菜，他回說你好可憐，並且對隔天午餐的味噌豬排表示期待。我想起那個對著漢堡搖頭晃腦的十七歲少年，嗯，他還是我記憶中的那一個光同學沒錯。

**後記**：在英國寫這篇文章時，光同學與我爭論大埔使用的鍋蓋材質。我堅稱店裡有銅製鍋蓋，光同學認為是不鏽鋼。為了考證，他久違去了公館的大埔，結果三次都因人滿為患而撲空。我懷念疫情尚未退燒時的鐵板燒店，感嘆如今的公館早已不是我們的地盤。

# 馬莎百貨的油蔥酥

移居倫敦留學後，才知道臉書上有台灣人在世界各地的生活交流版。我被拉進「台灣人在英國」社團後，每天也會看看版上大小事。上頭資訊從結婚移民辦簽證，到免費送沙發、收費改論文，還有網友鉅細靡遺地對英國超市食物及手搖評比。做為天龍國長大的網路世代，我多年潛水大學交流版、二手拍賣社團、大台北租屋網房東盡量PO，自稱見過各種買賣周旋謾罵，卻還是到去到倫敦、聽聞社團上無奇不有的疑難雜事後，才體悟大城市的居大不易，以及台灣人的龐大熱情與毅力。

我對政論或鬥嘴不感興趣，卻愛看網友閒聊廢事。去年心目中最佳美文，是網友評比十種英國牛奶品牌（最濃醇香的鮮奶要去平價超市Tesco買，而非乍看高級的瑪莎百貨〔Marks & Spencer〕）。近期關注的則是一則大哉問：「有什麼東西帶來英國能省到錢？」條件是要不占體積、可以自己慢慢用、具有稀缺性。除了美好回憶和保險套，許多偏門留言也引起網友共鳴，其中包括小包面紙（英國人鼻子過敏時，難道只用粗糙捲筒衛生紙應付？）、乾香菇（沒一個亞洲超市牌子品質能媲美大稻埕）、橡皮筋（畢竟在台灣去趟市場就能一直免費拿）、薑片（感冒煮粥熬湯的冬季必備），幾十則迴響中，最多人按讚認同的品項是「油蔥酥或蝦米」。據說瑪莎百貨的炸洋蔥酥、大型亞洲超市的紅蔥醬味道已經近似，但香味、口感仍比不上台灣。

我默默筆記，邊想起自己平時不是個吃得很台的人，以前甚至不太做菜。是到倫敦為求生存才突然開啓料理開關。一來帶便當能省錢省時，二則發現運動跟煮飯，是寫論文之餘最療癒的娛樂。頭痛眼澀的時候，果然邊剁豬五花、邊聽滅火器的〈島嶼天光〉最紓壓，可以短暫忘記火燒屁股的論文與求職焦慮。

英國的人文藝術碩士時程僅一年，從全球各地雜沓而至的同學，大多不是為了讀書，而是懷抱野心，來這裡找工作、移居地。在這個變動的年紀，各種台灣人的社交聚會裡，大家的話題總是圍繞職涯規畫和金錢考量，時常說得幾家歡樂幾家愁，手裡沒了氣的淡啤酒也愈發難喝。這種時候，總會有人不經意端出食物話題，聊聊英國的難吃料理、想念的家鄉菜。當發現在座眾人都數幾個月拒吃炸魚薯條，距離就會瞬間拉近。台灣人講吃的時候眼睛是雪亮的，比起分享自己拿到了幾間面試通知，我感覺大家更愛辯論飲料店的珍珠口感——邪門歪道的草莓牛奶加白珍珠——讓台灣小孩在倫敦團結起來。

在英國度過的小年夜，系上唯一的台灣同學邀約各路同鄉人一起在她租屋處吃飯。入場規則是人手一道台灣菜。繁忙週五夜，原以為大家下課下班會叫外送交差了事，沒想到每個人都卯起來煮，把小客廳變成流水席：桌上從熱炒攤蔥爆牛、蝦仁蛋，到佛跳牆、剝皮辣椒雞等年節大菜都到齊，甚至出現麻辣鴨血、香菇油飯、手工芋圓。我在台北還不曾吃過如此豐富的一餐。十幾個素未謀面的台灣人，聽著周杰倫專輯《最偉大的作品》端著碗筷，不用十分鐘就熟絡起來。

每個人來到這張餐桌前的路徑都大不同。懶得自我介紹、講年紀也怕尷尬，大家於是就拿菜名當代號，聊起今天帶來的料理與背後故事：穿得一身黑的剝皮辣椒雞，是主揪同學的前主管、某知名時尚雜誌的編輯，工作幾年來讀數位服裝設計。她性格隨興優雅、出招不手軟，下午就先提著一隻雞去借鍋子燉湯，順便指導前實習生做了一道涼拌小黃瓜。大家滿頭大汗提著鍋碗趕到時，她已經好整以暇坐著喝啤酒，看雞湯一上桌就被搶光。剝皮辣椒雞經歷過職場淘洗，卻還有讀書熱忱，認為換個位置更能留在時尚產業。職涯像品味需用時間熬，大概跟湯一樣是辣盡甘來、骨肉分離。

鄰座寡言溫婉的女生是佛跳牆。報菜單時她自謙這鍋年菜是倫敦風味不夠道地，我們卻從鍋裡撈出過油起炸的芋頭、丸子、鵪鶉蛋，湯頭的蝦米、香菇也煮透入味。過去我連哪間亞超有賣蝦米都不曾留心，眾人對於她蒐集食材的功力讚嘆連連。原來佛跳牆主修文化人類學，有學者的實事求是與處處留心。她大學讀經濟，這幾年投入尼泊爾的兒童教育，愛山脈更愛當地社區。暫離組織來讀碩士的目標，是為申請尼泊爾當地大學的博士。她發現外來組織難以深入所關注的田野，所以正重新定向能夠駐紮當地的角色。

我火候不夠，是個初出台北的應屆畢業生，宿舍既沒瓦斯爐也缺湯鍋，於是選擇做一口電鍋就能搞定的三色蛋。三色蛋是路邊黑白切的偏門品項，歪頭一想卻等同西方派對的下酒冷菜。這是許家招牌菜之一，我爸親授兩頁A4食譜：買皮蛋、鹹蛋、雞蛋各一盒，與蛋液一比一比一，將鹹蛋白剁極碎，和生蛋白鋪平，均勻拌入碎皮蛋，加入極少的水與高湯塊，先蒸一回到表面半乾。接著鋪平打散的蛋黃液，鹹蛋黃要切塊整齊排列在上，再蒸一回至全熟，放冷藏冰鎮隔夜。老爸交代，蛋白蛋黃厚度分配最好二比一，顏色務必黑白黃分明，滋味賣相才夠有底氣。三色蛋簡直像提拉米蘇，沒什麼難度只嫌費工。

三色蛋上桌，許多人一嚐不可思議，吃過一輪前輩料理人們出的大菜，冰涼鹹香的三色蛋起到開胃作用，傳了幾輪就默默見底。座上的路邊攤同好讚許道，三色蛋是切滷味時畫龍點睛的小菜。我們繼續聊台灣小吃有哪些莫名其妙的關鍵食材。有人說買鹹酥雞必須要有誤入油鍋的鑫鑫腸，我則表示大埔鐵板燒的重點是巨量炒豆芽。談笑吃喝間，突然感到在此城市的這客廳裡，我的定位大概也像路邊攤的三色蛋，或者排骨飯附的醋醃小黃瓜，不是倫敦歷險記的主人公，卻至少能當個炒熱氣氛的小配角。

我就像自己的料理，偏愛當場上的配角，仗著初生之犢的無知與好奇，沒有包袱地吸取他人的經驗值。我在倫敦讀數位媒體文化研究，一個半腳跨入科技圈的人文學科，班上有踏過各種道路、懷抱各種動機來讀批判理論的智識者。系上要好的烏克蘭同學是資歷超過十年的公民記者，戰爭爆發後拿國家資助的獎學金，來研究如何用開源技術對抗俄國資訊戰；年輕的伊朗裔美國女孩每天跑紅毯、寫影評，未來想進影視圈，從電影倡議中東世界女權。在這些懷抱理想與硬實力的同儕跟前，我有時竟感到自卑或嫉妒。做為缺乏強烈身分認同、生命任務的職業學生，就算蜻蜓點水蒐集了許多觀點與技能，卻找不到非如此不可的使命。

或許再早一些，我就會不疑有他地走廣告或當記者。但在資訊漂浮的網路羊水裡，我們這世代的文組小孩，在選擇以前就先瀏覽過相關的批判與心得，為了反抗潛藏的社會輸送帶，很常時候選擇從情感著手，為真正動情的表演或概念發展自己的研究興趣與人格。矛盾的是，即便胸懷理想，思想操場卻常需要准考證才能入場。我在師長許可的條件下選擇性叛逆，結果經過十五年調教，成為一個不上不下的考試機器。學才藝、讀人文經典、接案兼差，身上看似特別的技能點，其實都太抽象且可轉移，缺乏一個串連的核心，像是蒐集十種螺絲釘卻沒有起子。我們把人生戰場想得太華麗，其實每個人都只是認真握好手中工具，幫自己蓋一種生活而已。

想在哪裡、過怎樣的生活，是個奢侈也迫切的議題。可能是小時候看太多遍《魔女宅急便》，有魔女一定要修行才能長大的幻想，認為落腳處要經過迂迴的道路才會找到，且任何一位置都不能久待。

在一切靜止的疫情世界，我一邊延畢、一邊實習賺外快、一邊申請研究所，狀態就像不收行李、整天聽氣象預報的魔女琪琪，三心二意又坐立難安。等研究所放榜的那陣子，我正在信義區一棟共構辦公大樓上班，每天瞎忙八小時，只有中午最期待去二十四樓的便利商店，坐在冷凍食品櫃前的單人座位吃佛蒙特咖哩。因為右手邊的落地窗可以俯瞰整個信義區，看得到延吉街上大學同學家的屋頂。不久前的跨年夜，我還站在那塊鐵皮上，指向這邊說以後要衝上樓一探究竟，此刻我彷佛已攻頂，卻等不到幻想中的罐頭歡呼加掌聲。接到第一封研究所錄取信的那天，我坐在疫情間空無一人的辦公室，跳出畫面的郵件通知像日本綜藝「惡作劇之王」，向我高舉「你被整了！」的牌子搭配音效，有人獻上珍珠板印刷的巨幅機票，拍拍我的肩膀說：「時候到了快出發！」我的心像日劇最終話那樣用跑的去機場，衝進象徵未來一片白的鋒芒中。

我心想，在這些山那些海之外，一定有屬於我的冒險在等待。去到遠方，我就可以丟掉考試腦和各種枷鎖，找到前所未有的知識和機會。

這些臆想不算錯，實際去到混亂倫敦大都會，確實解鎖了各種非典型的人生腳本，可是不管在哪裡，生活的任務都不能單日攻頂。到倫敦之後，我四處當志工跑活動、想要知道大家的職涯途徑。某次我在一個以住家為主題的博物館打工，認識了館方一個讀完策展、求職兩年剛開工的姊姊。上班時她在展廳娓娓道來十七世紀起的英國居家文化史，下班後在限時動態發她漏水的半地下室公寓。我們偶爾約在博物館附近吃午餐，她說英國的稅好重，薪水再好，扣一扣也跟房租雜支打平。可是光是能夠自給自足地在這裡，她已經感到惜福且開心。長大不是總有一天，而是一天一天又一天。我們出走的那個家，不會因為距離而變形或消失；同樣地，在這裡的住處，也不僅是原本人生的投影而已。

與博物館的姊姊走在像是IKEA樣品屋的展間裡，我不停思考著，在台北或倫敦的房間裡，能夠使我感到安全或不滿足的都是什麼呢？要能夠活在當下，非得要經過失而復得的歷程嗎？又或者，是我在成長的路上見樹不見林，將一切過程當作心中美滿大結局的投影？想想小年夜的那攤留學生台菜趴，我還沒有自信能為哪道料理代言，在這座城市也還沒找到精準的調味。但至少為了試菜熬夜剝蛋的我，在混合三色蛋液的過程中，重新測量了自己、此地與家的距離。心中浮現各種想望與嘴饞時，我們想談的不是遠近或相異，而是確認自己現下帶著什麼在這裡。無關乎台北倫敦，這場評測都會持續進行。

話說回來，我在那篇去英國要帶什麼的社團貼文下，留言提議的是紅色塑膠繩。比起保鮮袋或密封夾，塑膠繩是千年不壞、什麼都能綁的偉大發明。

## Tomorrow never knows

我在東倫敦的家位處街頭藝術的寶地，每天我都會經過兩面塗鴉牆：一面在樓下的公車站旁，牆上有幅等身大的鏡子，上頭刻著「and on and on and on…」。每天進進出出時，我會邊對著它打理領子瀏海、邊默唸上頭的句子，感覺每天都是新的一天。另一面牆在家附近的咖啡店，黑色的打字機圖樣旁，用噴漆寫著「Create every day」。傍晚從那寫稿工作回來，都要心虛地低頭快速通過。旅英求學的日子，我是一顆在兩面牆之間成天往返的乒乓球，既要懂得狩獵採集，也要保持表達流暢。

不過，第一次離開台北的獨立生活比我想得難。甫遷居倫敦的秋天，因為水土不服和季節轉換，我生了兩場大病，連月都在咳嗽哮喘。耳鼻喉發炎的感覺像失語，不僅講不出話來、也聽不太到外面聲音。本來就少在外走動的我，這下更沒機會與人講話，課餘的日子都關在房間躺床。其實一直當桶中大腦也不會少一塊肉，畢竟疫後的世界很包容虛擬參與、合理化很多缺席藉口。癱在被窩的我想起蕭熠的短篇小說，忙著用虛擬替身遊歷世界的女孩，身體因靈肉分離而逐漸乾涸死亡。

某天深夜我半夢半咳，做了一個奇怪的夢，夢裡的時空快而淺，可以看見我所聽到的每個字母和聲音，一顆顆飄進腦袋、匯成一朵卡通文字雲，成為編纂故事的詞彙表。我看見好多風景、劇情高潮迭起，想要開口陳述，想法卻跟不上語速，無法快速在腦袋拼組語句。於是組到一半的句子卡在喉嚨、化成阻礙呼吸的綠痰，讓我成天咳咳咳。我只好把痰統統吐進浴室水槽，想讓食之無味的故事自然消解。沒想到那些濃稠的隻字片語，卻連夜凝聚成一隻人形史萊姆。它躲在浴室裡，等我哪天放棄出門與人說話，就要竄改我的故事，活進這座都市裡。

我嚇到咳醒，膽顫心驚去浴室吐痰，但把這個似要啓示什麼的惡夢畫下來，隔日開始狂飲整罐韓國超市的蜂蜜柚子茶，病才終於好起來。痊癒之後回頭看，發現卡痰的夢象徵了我做為島國留學生的生存狀態：差不多的辭不達意、差不多的一言難盡。

期末的導師面談，我把這個夢說給指導教授聽，他溫暖傾聽、心疼同理，卻也興奮恭喜我進入符號學的世界，鼓勵我把身分難題寫進自我民族誌。他住在土耳其、我從台灣來，我們都覺得倫敦好謎卻有魅力，因為這座熙來攘往的都市裡，每天都有好多人在翻舊帳、寫新聞。空氣中漂浮的機會與語義，也是倫敦霧的成因。感謝二十一世紀，身分可以是液態的、操演的，我在無限細軟的選擇中癱瘓，不知道自由會帶我走向哪裡。

我在倫敦買的第一本書是吳爾芙的《歐蘭多》（*Orlando*），故事主角穿越百年，從英國年輕爵士變成吉普賽女郎。歐蘭多可以橫渡時空、擺脫二元世界的束縛，卻無法不臣服於時間。在土耳其放浪時，歐蘭多好想念倫敦的老家，那裡有三百六十五間臥室、五十二座階梯，讓歐蘭多可以在無限自由之中，繼續讚頌並恐懼時間，許配每一版本的他／她一個自己的房間。

夏令時間結束前一天的十月二十八日，披頭四重發了《左輪手槍》（*Revolver*）超級豪華版，裡頭收錄了多首名曲的First take。光是我最喜歡的〈*Tomorrow Never Knows*〉就有四種版本。這首專輯的壓軸曲，其實是專輯開錄第一首歌，靈感來自約翰・藍儂偶然買下的小書《迷幻體驗》（*The Psychedelic Experience*）、哈佛心理學教授提摩西・李瑞（Timothy Leary）重新詮釋的《西藏度亡經》（*The Tibetan Book of the Dead*）。全曲第一句引自全書卷頭語：「Whenever in doubt, turn off your mind, relax, float downstream.」藍儂接著唱，「It is not dying, it is not dying.」喬治・哈里森在背景撥弄冬布拉琴，他們想在單一和弦中創造虛空。

Spotify年度回顧告訴我，我在一個月內重聽了這首歌六十五遍。聽第一遍覺得突兀，第二三遍感動驚喜，第六十四遍發現自己其實分不出版本差異，第六十五遍了悟其實沒有所謂First／Final take，畢竟每次錄音當下，不會知道這回是否就是最終版。一九六六年首發採用的第十一版混音（RM11），再版時被第八版（RM8）取而代之，直到二〇二二年又被重新收錄在超級豪華版中。聽到製作人喬治・馬丁（George Martin）在開頭打開麥克風、快速唸出「RM11」時，我突然覺得好META，每個音檔都導向一種可能的人生版本，只是以前從不知道而已。

《左輪手槍》超級豪華版發行隔週，我到唱片行Rough Trade East拿專輯黑膠掂掂重量。上一次的英國旅行，正值民智初開的十六歲，這間唱片行及披頭四，是讓我多年對倫敦念念不忘的原因；二十三歲的我住在附近、親眼見證專輯發行。看著唱片封面上四雙拼貼眼睛，我心中萬潮洶湧、激動語塞，腦海卻突然浮現一個符號縮寫：YOLO（You Only Live Once）。

人生只有一次，所以乎乾啦。千禧屁孩都用過的YOLO一詞，自從被饒舌歌手德瑞克（Drake）發揚光大，現已氾濫到帶貶義。但「死之華」（Grateful Dead）鼓手米奇・哈特（Mickey Hart）最初發明這個縮寫時，心中卻有不同精神：當年他想遠離塵囂，鐵下心在加州的荒郊野外買了座農場專心做音樂。YOLO是他莊園的名字，本意是提醒人要孤注一擲，而非顧著放飛自我。綜合上述，站在這裡握著黑膠的我，還是誠心誠意想說YOLO。因我確實用了七年在台北吃齋念佛、讀書工作，然後連滾帶爬到倫敦，疑似確診、得過且過，才突然喜獲《左輪手槍》超級豪華版。所以我在想，You only live once這句話，是否應該增訂成You only live once and once and once……，就像公車站牌前，那幅被我當成梳妝鏡的街頭藝術。

每天都是新的一天，一天還有一天還有無限天。意義會層層疊加上去，最後也看不見來時徑。

之前看一部講塗鴉的紀錄片，說紐約最元祖的塗鴉客會自稱「writer」。他們不畫畫，而是比賽把自己的名字寫在各種地方。以前街頭到處都是人的名字，隨著時間燒殺擄掠、新陳代謝，後來文字塗鴉逐漸變成噴漆畫、都市則技巧性地顯得失序。紀錄片最後拍到一座停車場，鏡頭帶到不起眼的白牆邊，厚重的油漆剝下，底下是一層層五顏六色的塗鴉。世界上總是有很多人正在寫，但只由少數人挑選可以留下的敘事。

我選擇相信，每個人都只能在當下創造，符號先來、意義後到。十二月的第一天，好喜歡的英國藝術家湯姆・菲利普斯（Tom Phillips）過世了。他的拼貼作品《*A Humument*》加工一本名不見經傳的維多利亞小說《*A Human Document*》，用鮮豔顏料覆蓋三百六十七張書頁，讓詞彙跳動聚合。《*A Humument*》從一九七〇到二〇一六年共有五版本，除了改原作也改自己，他在其中一頁留下幾個詞彙：「finding syllables ／ pencil murmuring.」這是一種安全的塗鴉，他是名勤懇的 writer，我的偶像，活在當下、專注在浮動的世界裡解讀意義。

我不知道自己能否落腳這座都市，但若沒有被史萊姆取而代之，我想繼續悠悠轉轉、努力工作，哪天成為東倫敦的寫手，捉住時間之流中無以名狀的聲音。

# P'

P' for (post-)pandemic

# 塊狀的時間

時間與聲音是伸手不見五指的黑暗裡，唯二超越空間的存在。

大四暑假前的週日下午，閒來無事洗了期末考積累的髒衣物。又忘記檢查口袋裡的紙屑垃圾，剛烘乾的黑色洋裝黏著衛生紙的結塊。用兩指將石頭般堅硬的紙屑撚起放在掌心，才發現這個年紀所過的生活如同這些被打濕又曬乾的紙屑，成了不知道空隙該如何填補的塊狀時間。

下班後坐上從瑞光路出發的通勤車，下車步行一分鐘便可到達常去的深夜咖啡店。我和廖約在那裡晚餐讀書，書讀累了就在附近的小巷轉轉散心。師大一帶的巷子到了晚上每條都是一個樣，從陽台伸出的過溝菜蕨統統變成灰色的。巷弄定格了時間，有時一轉彎時間便回到前一天，掛在門廊上的九重葛一片花瓣都沒掉過。在夜深的台北暈頭轉向，大三的每一天都如此漫長，一週七天劃出的星期卻轉瞬流逝。時間究竟都去了哪裡呢。

每個人對時間的感覺各有不同：拿寫字作喻，我過日子就像一筆一畫填滿稿紙上的格子，從前被逼著每天寫聯絡簿、寫週記，行雲流水至今，只要專注地動筆，回過神來終究能成段成章。然而念久了大學，當世界隨腳踏車與參考書目變得遼闊，我卻愈容易感到語塞。那種寡言並非詞窮，而是稿紙上的格線模糊了，灌滿墨水的筆不知從何下起。我的大三步伐凌亂：缺課、貪睡、感情失利、身心俱疲。無眠的日子不知如何定義「日記」一詞，滿滿的情感光是握筆便要灑出。最後索性不寫也不聞，那個春天無味也無色，成天只是在城南兜圈子、耳機裡大聲放著Dr.Dog的〈*Where'd All the Time Go?*〉，佯裝自己是電影《壁花男孩》在橘紅隧道裡奔馳的漂亮男孩，通過那長長的隧道即能找到一個接受我一切不體面的好朋友。

我未曾覺得日子落拍結塊，直到發現自己變成一個寫作時，只能重複聽一首歌的人。

後來因為同樣喜歡散步，我開始跟廖鬼混。廖是個鼓手，把時間當作曲子裡的樂句，以十六拍成一句、每分節拍都能排列組合。我從沒想過，或許過去所學的一切事情都只是曲子的基本節奏，節奏得要重複疊加才能譜為歌曲。所謂時間的連續性，大抵是相同的事情：一天天逝去的日子並不見得使生活持續增厚。要使生活的樂音變得豐厚，得要反覆練習那些塊狀的時間、接合不同的時光。

有些人篤信每顆心臟都有使用壽命，平均跳動二十五億次便會止息，因此心跳的速度愈慢，能活得愈長。時間的分野自圓其說，若害怕短命，半年過一次生日歲數就能破百。生命的困難處在於如何在時間邊際與自己共處。

成天騎腳踏車的那陣子，我染上無端放人鴿子的陋習，總愛夜深人靜時信口開河，到了約會當日卻畏首畏尾搞失蹤。並非愛好當個騙子，而是受不了赴約前坐立難安的焦慮：朋友會喜歡今天要去的咖啡店嗎？席間我們該聊些什麼？飯後要去走走，還是直接解散？選擇直接裝病爽約，原因竟是不知該如何向對方說再見。

撐傘走在通往外語教學中心的桃花心木道上，雨點敲響傘面滴滴答答，我想著自己的心跳速度會不會是低於平均值，做什麼都總比別人慢半拍？那陣子公館總是在課間時下雨、上課時放晴。唯有上課時候從鐵窗向外看，才能瞥見無風無雨的風景，像句子中間微弱搖著尾巴的逗號。此刻的我正處於塊狀時間的縫隙，那裡沒有色彩、沒有陰影、沒有樂曲，只有路邊一棵枯樹下的自己，等待著從未謀面的果陀。

廖說時間沒有對錯、生活像音樂一樣層次疊加。我欽羨廖這等玩樂團的人可以各司其職、演好一首相互襯托的創作歌曲，反觀書桌前的我，時常只有紙筆與自己。我常想世界是否被我寫扁了，怎麼千變萬化的世界，在眼裡隨著年紀增長愈來愈無聊？

小學時的每個週五，我會跟著爸爸開車接媽媽下班。我橫躺在後座，仰頭看著車窗外疾駛而過倒反的燈火、鐵皮加蓋的屋頂，與映照在瞳孔裡的橘紅路燈。模糊記憶著每週反覆行經的路，卻對城市裡路牌的順序一無所知。模糊形體的不可轉述成就了冒險的心，無法單位化也無從抄寫的世界使我恐懼也興奮。大學離家外宿後，同座城市的輪廓逐漸清晰，少去陌生感與家人的管束，街道卻愈發顯得無聊。與朋友相約夜遊，只要傳訊息謊報平安，便能隨時跨上機車後座。商店街燈火熄去的柏油路上，他們教我指認北邊與南邊，在等待紅燈的數十秒間透過安全帽大吼著街道名稱的縱橫。城南、東門、忠孝復興、市民大道……城市的筋脈逐條接起，沒了在轉角迷路的理由。

街道好比關係：景色依舊、人事已非。許久前在「史萊姆的第一個家」愛玩一個叫做「太空梭」的小遊戲：太空人在宇宙騰空漫步，為了不偏離軌道，他得小心翼翼地踩在漂浮的隕石和宇宙垃圾上。遊戲畫面令人心驚膽顫，但太空人其實始至終在畫面中央原地踏步。長大何不就是如此：腦海裡一旦建構了台北流浪指南，以為遙遠的風景原來總是能輕易抵達。朝我飛來的塊狀時間宛如足下移動的星雲，在每塊時間裡與人擁抱、交會、相愛相殺，只是勉強維持生命的平衡而不失足，卻不知自己該往哪裡去。

二〇二〇年的三月，紛擾的世界與感情的徒勞，使我進入了期限未定的隔離狀態。輪廓清晰的歲月使我焦慮，究竟離開了一段關係、一種階段的自己，該如何好好地駛入下一個生命的轉角？我們真的能夠安全地著陸在新發現的星體之上嗎？塊狀的時間，似乎使年歲顯得無趣亦無解。

在蒼白的焦慮正中，當一切事物保持著安全距離，我想起以前在課本上的無聊遊戲：在段落與段落間用原子筆畫上小小的塗鴉、直到填滿整頁課本的餘白。畫畫帶給我一種別於寫作的安全感，繪畫是非語言的，不必字斟句酌，而要掌握畫面的整體與色彩的搭配。後來在那些安靜的不眠夜，我提起畫筆趕走惡夢，形狀與圖案畫著畫著，隨著天明成為了翻頁動畫，拇指一撚將日曆快速翻頁，頁緣是自己等待的剪影，隨日子的切換成了舞踏。是呀，後來我才發現，自己所愛的動畫正是塊狀時間的組合，圖層不會如語言那樣逐字堆疊成意義，卻切換補間造就了舉手投足。

這漫長而死寂的一年是巨大的時間之塊。當切分間隔遙遠，人們容易忘記自己正緩慢經歷一組節奏的變換，然而日子是確實行進著的，時間哪裡也不去，只是匯集成每個夜晚，在咖啡店前的燈火下等待的影子，影子與影子相疊相離。台北的雨下了又停，路口的號誌綠紅交替，那些單位儘管單調而凝滯，當入睡時騰空而起，竟發現城市的燈火與人事，正以塊狀的時間織出一首密不可分的曲子。

彼時，此地。

# 00/INTRO

我從來沒有離開過台北。即便離開，最多也就一個月，最後終歸回到這座群山環繞的城市。

唯一離開的時間，便是家境許可範圍內、爸媽每年安排一次的家庭旅遊。長大稍有收入以後，偶爾也存點小錢與朋友旅行。儘管數度的往返間，已漸漸懂得台北的好，但每一次回台北的路上，我仍忍不住想到回家以後要面對的功課，在回程的班機上悵然望著機翼上的赤紅落日。

回不去的時候，答案似乎總在彼方。

有句話說，外國的月亮比較圓，對我來說哪裡的月亮都一樣圓——但總之絕非腳下之所在。說來陳腔濫調，我把陳綺貞那首〈旅行的意義〉奉為圭臬，當她唱「你離開我／就是旅行的意義」，我成了台北，而你則成了一個人。我曾拜訪東京、巴黎、倫敦、紐約、烏特勒支，在截然不同的地點複製著台北日子，緣木求魚尋找生活的答案。

生活是一塊麵包，撕碎成小塊，泡進異地的奶與蜜裡才能入口。

十五天是段短到不足以生厭，卻長到能使人無聊的時間。

某次在東京旅行十幾天，回程班機上，我與自己玩了一個遊戲：想到下次的旅行還得等待一年，捨不得結束異鄉漫遊，我靈機一動，心想何不誆騙自己，轉念把台北日子當作一場三百五十天的旅行，把家裡當飯店、把學校當觀光景點，這樣不就天天彷彿在外遊覽？回家後頭幾天，果真起床都有乖乖摺被、上學作業不遲交，做什麼都特別帶勁。過幾天恢復理性，才反問自己，究竟這抗拒回家的心，是因為想念著此時的彼方，還是想抽離想像彼時的此地？「不在這裡」是否是心底的理想？好想要此刻身在東京，喝淡淡的明治牛奶、看聽不懂的日語新聞，在台北的一切都太過清晰且毫無驚喜。

你可以掛念一座不完美的城市，亦能在完美的樂土感到水土不服。我喜歡介於兩者之間、抵達與啓程間混沌的東西。人類學有個詞彙叫「非地方」(non-place),意指人們與陌生空白空間的微妙關係。馬克・歐傑(Marc Augé)說,「空間的斷裂與不連續性,呈現出時間的持續性,」且「地方的消解是旅行的極致,旅人的最終姿態」。而我發現自己貪戀在機場海關查驗護照、聽見「你可以離開了」這句話的瞬間。我喜歡被放行,那使我想要前進,前進在一個沒有人認識,且不具任何意義的空間。

好想要此刻在東京,但會不會去到東京,才明白一切問題都懸而未決?

不給一點選擇權,二〇二〇年取消了許多人們猶豫不決的大事。包括情感關係、同學的出國交換、學姊的海外就職、某同事的跨國婚禮。被告知離不開此地時，才發現自己多麼渴望彼方。災變風起雲湧：地震、政變、大選、暴動，人在各自的框框裡泅泳，大家都看得到大家，卻隔著螢幕愛莫能助。每日病例數字起伏，自救都來不及。所幸當轉身看看周邊人事物、與因疫情被遣返的人們午茶，感念曾隻身在外的個體其實也彼此掛念。

可是對話間，我竟心虛發覺自己正幸災樂禍：當所有人都被困在這裡，我們還能找到原本想在彼方找到的東西嗎？

沒有起落、無處流浪，這次我與自己玩了另一個遊戲：既然無法馬上離開，不如假裝自己剛回來。給自己空白的十五天，去想對台北的愛與不愛、之於自我的愛恨。試問十五天的隔離結束後，有什麼問題殘存腦海、什麼地方流連忘返？歸返疫情時代城市的第一天，把自己分成三片碎片，來場台北的文字尋寶記，找那些即將或者已然消逝之物。

或許你會在這三片碎片中看見不完整的自己，或許某時某日走在路上相遇時，我們終將交會。

## 01 / 我

箱子裡面還有無限個箱子。箱子的側邊寫著小小的編號，被按照順序整齊地堆疊起來。我從其中一個小箱子裡頭走出來，旋即忘了上面的編碼，回頭時記憶還來不及引起任何人的注意，便如煙一般在走廊上散去。為了確認，我用手裡的白色塑膠卡插進縫隙，再次快速打開箱蓋看了一眼，剛才離開的房間一片漆黑，走道盡頭的窗簾透出暗紫色的光。箱子彷彿第一次被打開，細小的白色粉末沿著光線舞蹈。

我闔上箱子，離開把白色塑膠卡放在入口處的長方形體上，長方體後面站著一個人，他說了聲謝謝，把它與其他張白色塑膠卡排成一個正方體。

沉睡十幾小時的皮膚因接觸到陽光而刺癢了起來。我離開大箱子，走進另一個較為矮胖的箱子裡。我發現這裡的人都沒有臉，卻說著我熟悉的語言。聲音的抑揚頓挫像脊椎那樣一節節被伸展開來，直到頭頂感到一陣酥麻。

我動了動嘴巴，發現舌頭後側因久未使用，有些黏在口腔內部，連吞嚥都有些困難。

矮胖的箱子在街角，有一座向下垂直的樓梯直通地底，地底散發著清淡而不惱人的，他人的氣味。我走下樓梯，看見這似乎是一只開口朝下的四方形盆子，開口處人群排成小小的水流，魚貫流進非常狹窄的小箱子裡。

小箱子一個個相連接著，每過一兩分鐘便搭配著沙啞的音樂與金屬音，並吱吱嘎嘎地動了起來。我看了幾分鐘，選擇其中一列綠色的箱子，跟著揹著黑色書包的五個男生走了進去。

箱子移動到一半，在一個中間地點停了下來。一位女性用熟悉的語言表示，這串箱子短期內不會再移動了，要往南方的旅客請離開等待下一只箱子。另一位女性的聲音出現，用另一種我熟悉的語言複述了一遍，箱子裡的燈隨即暗了下來。那五個打手遊、揹黑書包的男生抬起頭來，安靜地跟在我身後離開。

*

等待的地方是一個懸空的平台，一切都是長方形的。為了離開四方形，我決定找出口離開、回到街上去。我在第二個箱子相對的位置找到另一座樓梯，重新習慣了一下這個地方的移動方式：一切都有跡可循，即便不知道自己在地底的相對方位，也可以透過身邊行人衣服的顏色、箱子標籤上的顏色，約略辨認自己在城市的哪個地點。

我想起天氣與氣候、瞬間與永恆、日記與寫作的差別。

雙腿許久沒有移動，唇舌也跟著顯得疲倦。

離開這裡剛好是一年前的此時，羅斯福路上開著細白如雪的流蘇，像充滿孔洞的發泡材那樣，從削瘦的枝枒縫隙迸發開來、喧囂而狂暴。我想起上次離開時拖著兩只半身大的箱子，裡頭裝著許多我不再擁有的衣服。我試著把小小箱子從小箱子移動到另一個大些的箱子裡，但力氣不足便作罷。途中我把銀色的腳踏車停下來，隨手靠在一棵開花的樹旁邊，旋即離開。

我好奇那輛腳踏車是否還在那裡，於是登上樓梯、回到地表後，在斑馬線前漫步，往樹的所在處走去。

樹果然如每年春天那樣開了花，我感到不可思議，像是有人替我遵守了一個未曾開口的諾言。然而車下堆置的車架，或許與去年的一批截然不同了。其中一輛紅色的折疊車不見了，掉在地上的棕色塑膠菜籃也消失在草叢裡，剩下一只生鏽的機車車鎖。

我在車鎖邊先看見了腳踏車的後輪，接著是坐墊後方的數字191（有意義的），隨後整台車以半透明的姿態映入眼簾。不過車輪扁了，鐵架和橡皮像達利的畫那樣掛在地面與樹幹的交界。

*

我決定把車牽回北邊的家。

牽著漏氣的腳踏車走在台北路上，像是套了透明腳鐐的大象，搖搖晃晃走在人間，過路的人好奇看著我過緩的步伐。我帶著車回到小箱子快速移動的建築裡，帶著藍色口罩的工作人員委婉（卻驚恐）地表達，這個地方不能攜帶腳踏車和寵物，除非我把它折疊起來裝進容器裡。我納悶這是否因為不規則的形狀使人恐慌。

於是我轉身走向水源，從體育課去過的河濱一路走回家。

腳踏車的鏈條持續發出嘎啦嘎啦的聲音，我用遛狗的心情，新奇地觀察著這座城市熟悉卻看來抽離的事物，讓車子用細小的聲音回應我。

啊你看，那邊有狗狗，應該是玩具貴賓吧。

嘎啦嘎啦嘎啦。

喔喔？福和橋市場收得這麼晚啊？

嘎啦嘎啦嘎啦……

很久沒在河岸散步了呢，也想去大稻埕啊，台北的感覺。

經過路邊的水果攤時，一名老婦用湯匙清脆敲打著一只白煙蒸騰的鍋子，裡頭傳出草莓的香味。原來草莓的季節已經過了，脆弱的莓果失去賣相，幸虧還能做成果醬。老婦人蹲坐在攤子門口，朝鍋口兀自愣著，左手拿著一包台糖二砂。

只要水與蜜，就能將果實化為另一種更持久的存在。

生命是瓶瓶罐罐，裝著煙霧和果泥，上路時在背包裡碰撞出嘎啦嘎啦的聲響。

嘎啦嘎啦嘎啦，腳踏車附和著，與老婦打招呼。

*

我還有機會在城市裡騎這輛腳踏車嗎？倘若如此，要不找個交通便利的中間點，把車子鎖在安全的基地？

在河堤的沙洲邊停下，我能聽到堤防另一邊車聲呼嘯而過。但兩手握著把手，沒有空拿出手機查看自己走到了哪裡。印象中一直走、一直走，走到河堤的盡頭就是我家。爸爸曾為我指認淡水河的其中一條支流，告訴我家就在淡水河即將匯流的城北。

路邊有一隻眼睛半睜的土狗，如所有納涼的街犬那樣躺在雜草叢間，長長的葉子輕撫牠的肚子。我停下來看了一會兒，腳踏車停止嘎啦嘎啦時，才發現腳底的深處正輕輕晃動著。我感覺自己的前後左右上下，都充滿了快速平行移動的箱子，只有我和那隻狗被圈在中間。

那隻狗確實是死了，點點的飛蠅在黃色的肉身四周盤繞著，不時畫畫般輕點著狗的眼白。

少掉靈魂的狗看起來有點廢，軟趴趴的。我試探性找來一根樹枝扔去，牠聞風不動，疲軟的肚子甚至無法彈開樹枝。那條直線尷尬地掛在牠的腹部，但那瞬間我看到一個細小的光點從毛尖竄出。

狗娘養的，你是從哪裡來的？我說。

我一直都在這裡，親愛的。亡犬嗅了嗅自己的腳掌說。

我問亡犬，能否告訴我自己不在的這段時間，城市發生了什麼事情。牠聳聳肩，表示這裡實在沒什麼好看的，牠簡直是被無聊死的。過去一年，人們愈來愈沉迷在箱型的物品裡，一個又一個愈來愈小的箱子：從城市那樣大的、到四人家庭號的、再到嬰兒手裡發亮的。人們愈來愈忘記這個地方是個很大的圓，周圍都是尖立的三角形。人們只喜歡四方形，甚至在臉上也佩戴了能遮去三角與圓形的布。

那是瘟疫，不是一種審美。我向亡犬解釋道。

瘟疫就是一種審美，而恆動就是一種不動。亡犬安靜趴了下來。

我不太會說話，我才剛從一個地方回來。面對哲學，我總是語塞。

其實你早就走到了。牠突然又站起來說，到處嗅聞地上的痕跡。

什麼？

家早就到了、早就過頭了，你走得太遠，忘記看牆的另一邊。現在你可以選擇騎腳踏車回頭，或者選擇繼續往前走。只是有一個前提：即便你往前走，也不會離開這裡；而若你回頭，你將不會抵達過。

如果我想和你一樣躺在河邊呢，或許我們可以玩你丟我撿的遊戲？我懇求牠。

亡犬用後腳站了起來，突然接過我手中腳踏車的龍頭。

你在逃避箱子，害怕被裝進更大的箱子裡，可是世界早就變成這樣了，即便宇宙並非如此。

還沒回過神來，牠已經騎著我的腳踏車，連著屍身消失在河岸的芒草裡。陽光之下，牠的鬼影子四散成不同形狀，鬼魅一般在灰色的柏油路上舞蹈著。

想想其實也就是兩次「本週精選」歌單更新的時間罷了。

今早上捷運時，阿尼順手滑開通勤時習慣聽的知名台灣podcast，卻覺得哪裡有些奇怪。聽著站名廣播與耳機裡的聲音打架，他這才發現自己已經回到台北了。雖然裝著隨身行李的背包依舊沉甸甸的，阿尼將肩膀稍稍鬆懈下來。這裡不是那個錢包隨時可能被偷的紐約F Train了。

過去十四天他其實沒有回來的實感。還在調時差的那幾天，他把電燈開著、拉起窗簾，真空的房間裡沒有了時間，阿尼卻抓不回身體的節奏。他發現自己害怕落於人後，每天早上點開最新上架的音樂配饅頭豆漿，餐後再把固定關注的網媒全部滑過一遍。但時間是一種相對的概念，即便生活與世界都在分軌前進，慢了拍的日子總顯得停滯。

好比今天，他在臉書看到以前練團室的櫃檯妹妹發了新單曲，昨晚剛上架街聲。櫃檯妹妹耶，那個以前幫大家買咖啡的櫃檯妹妹。阿尼不知道她做的是什麼樣的音樂，只記得妹妹總是替他買冰拿鐵。來，這杯是阿尼老師的。她在每句話前面都加一個「來」，不知道是不是在練團室耳濡目染？他以前也說過，來，現在彈個F。

阿尼想著自己有多久沒有碰吉他了。他點了讚、按掉、再重新按回去。這樣通知該不會顯示兩次吧？

她的音樂裡肯定會有自己過去的影子吧。阿尼瀏覽了串流平台上為那首新歌寫的簡短介紹，為作品背書的，不外乎是總在工作室閒扯淡的那幾個老師。樂評人把他們定義成同一個流派，「金山南路（練團室）崛起的獨立音樂人」。阿尼也會幫櫃檯妹妹上過幾堂吉他課，那把順手帶去的琴就那樣封塵在練團室裡，直到現在。如果他們的吉他課沒有停，自己的名字也會出現在串流平台「達人推薦」的專欄上嗎？

自從去年參加的那次短片影展後，他不會再見過自己的名字出現在哪裡，也不會再碰過音樂。去年在紐約時，他和一個在當地讀藝術的台灣動畫師合作，做了支有關台北捷運的音樂動畫。他們討論每條路線給人們的感覺，動畫師用幾何圖形的動態呈現城市，而阿尼負責用進站音樂加上其他元素進行混音。創作概念有點像是「移覺」：用顏色與聲音，呈現地景給人的感覺。

籌備的那陣子他們最常討論的是風景與創作，且愈談愈發現兩者的相剋。

兩個異鄉客在紐約做著與台北有關的作品，本該是懷著思鄉的心情，卻愈做愈不是意思：蒐集了大把台北的風景與聲音，浪漫且模糊的事物在轉化為創作時，易於傳輸卻顯得索然無味了。做作品的那陣子，阿尼的心彷彿頓失依靠：紐約是個混沌且容易迷失的城市，與台北的狹小格局截然不同。隨便穿越一個下東城的地鐵隧道，就能遇見不下五個不同類型的街頭樂手，前一秒是民謠吉他、下個轉角是爵士鼓。紐約風景裡的隨機不可測，曾是他離開台北的理由。為了追求更寬廣的音樂創作，把自己從金山南路上陰暗的地下練團室拉出來。可什麼都還沒抓住，與台北生活最根深柢固的連結，也成了模糊紛亂的訊號。

在紐約的一年全耗在這支動畫作品上了。發片後，動畫師在中央車站附近知名的大學藝術中心舉辦了一場放映會。來了幾個戴細框眼鏡、看來像是評論家的散客，鬆鬆地分坐在漆黑的視聽中心裡。阿尼也坐在席間，與帶著濃厚香水味的紐約客一起欣賞放映。短片結束在《台北行板》粒粒分明的琴音裡，巨大屏幕上捷運飛逝的畫面，照亮了從未搭過北捷的那幾張西方面孔。當結尾字幕處亮起了他的名字，他好想拍拍隔壁人的肩膀，說嘿，那是我的名字。但身邊的觀眾只是魚貫起身、走出放映室。

*

記憶疾駛而過，耳機裡櫃檯妹妹的新歌已逐漸淡出，他一句也沒聽清楚。藍線的音樂刺進阿尼耳中，將他帶回車廂。《台北行板》、台語廣播、車門警示音、車裡乘客的借過聲。他想起那部動畫短片裡，樓梯上的藍點跟著音樂的起伏跳躍。你覺得所謂「行板」是什麼？動畫師曾問他。

若是現在，他會毫不猶豫回答網路上用以定義行板的

76bpm。但從前行板是感覺上的，就像文藝復興以前，音樂家是用心跳速度為基準，定義樂曲的快與慢。阿尼想起台北的各種聲音會給他的感覺：捷運音樂帶給他趕不上車的緊張感；西門町夾娃娃機店裡的韓團歌曲令他安心；練團室裡銅鈸的噪音使他蓄勢待發。阿尼不禁反問自己，音樂還能帶給他感覺嗎？他瞥了眼隔壁座位上的女子，她戴著口罩、面無表情抱著一大束開得驚人的鮮花。阿尼好奇女子是否會想念在車廂裡大力嗅聞花香的感覺。把所愛之物變成責任以後，與音樂有關的一切都在綿延不絕地奔跑，在剖開兩座城市的肚腹後，他感覺自己的心裡已經沒有年輕時候，那種願意打開全身感官的活力了。想到這裡，阿尼走出車廂，在忠孝新生站下了車，身體自然而然朝練團室的方向走去。

練團室「三角公園」就在華山附近，巷子裡一塊三角形的畸零地旁。走下公寓的水泥樓梯，先映入眼簾的是三張布滿灰塵的吧檯椅，上頭隨手丟著一包紅媽（紅色Marlboro）、一只印著水電行電話的防風打火機。阿尼又聽見鐵門後電吉他傳出的破音，知道今天阿德也來練團了。

*

阿德是「三角公園」公認的吉他才子，只不過阿德除了彈得一手好琴，其他什麼都很「法大」（fuck up）。因為練團室就只有他和阿德兩個吉他老師，所以特別常被大家拿來比較開玩笑。

「啊你就是苦幹實幹的好青年啊，每天練琴、時間到了就吃飯，讓人覺得琴要彈得好就是要像你這樣搞。可惜就是看起來死腦筋了點。」某次他倆在練團室門口和老闆抽菸扯淡，上司開玩笑地對阿尼說，「阿德喔，就是所謂音樂神童吧，證明沒腦筋也可以玩音樂囉。」

「來，你什麼意思給我講清楚喔！」阿德聽了扔開菸蒂表示抗議，老闆和阿尼都笑了。儘管老闆對阿尼的褒勝於貶，他總覺得阿德還是更得老闆的賞識。畢竟創作這種事情，天分真的是求之不得的。

他想起另一次，櫃檯妹妹剛開始學琴的時候，阿尼、她和阿德在三角公園聊了彈琴的事情。當時櫃檯妹妹在大聲放「透明雜誌」的〈我們的靈魂樂〉。

「洪申豪在前奏彈的那種晃晃的聲音是怎麼弄的？」

她看向揹著琴的阿尼問道。

「啊那就『手tone』啊。」阿德在沙發上滑手機，頭也不抬地插話。

「手tone就是透過左手力道變化，用按弦方式改變音色。」阿尼幫忙補充，其實任何吉他技巧都可以用手tone一以概之。櫃檯妹妹表示想學學看洪申豪的手tone，要阿尼隨便彈一首「透明雜誌」的曲子，但他怎麼彈都少了點洪申豪的電吉他讓人想橫衝直撞的感覺。櫃檯妹妹撇了撇嘴說，阿尼老師彈得有點太規矩，或者說太完美了？阿德抓起自己的琴，隨便撥弄幾下〈性的地獄〉的前奏，吉他的嘶吼聲很像開了破音效果器，顫抖的延音在他的指尖忽大忽小，像菸頭冒出的尖細白煙。櫃檯妹妹和阿尼登時都聽傻了，三角公園狹窄的地下室裡彷彿突然充滿了音樂祭的汗水氣味。

「根本就是洪申豪吧。」阿尼衷心感到佩服。

阿德隨便放下琴，轉頭繼續滑手機，「啊這就手 tone 啊。」

他們曾議論過音樂是否僅是科技。阿尼大學讀的是媒傳，喜歡上音樂後什麼都學，也學過些錄混音的知識。高中他和阿德是同高中吉他社前後兩屆的教學長，抱著同樣純粹的心開始學音樂，只是阿德至今仍帶著玩玩的心態，除了彈琴做自己的音樂，未曾想過要透過音樂往哪裡去。這點阿尼就顯得相對世故，彈琴久了便想懂更多作曲、製作方面的事，於是一股腦兒地讀了許多理論書，甚至去修了台大音樂所的課。在書上他讀到音樂如何轉換為程式與訊號，對音樂的浪漫懷想，也隨著對科技的精熟逐漸消磨。他愈來愈把音樂當成一門精算工作，藝術裡的美學究竟是計算出來的，並非靈光乍現。

可是阿德的琴聲總讓他心懷不安。

阿德什麼也沒學、什麼都沒多想，就這樣從在社團裡團刷的高中生，變成一個練團室裡的吉他老師。他從沒想過報名什麼音樂比賽，玩團也是有一搭沒一搭，徘徊在幾個小有名氣的獨立團之間。但阿德的吉他很有自己的風味，聽來迷離帶著危險的氣味，讓人聽著就想跟著嘶喊衝撞。他做過的歌總能被樂迷辨識出來，久而久之也在圈子裡建立了一點名氣。對阿尼來說，阿德手裡變出的音樂是純然的藝術，與科技無關。去年二月，阿德在中正紀念堂附近的酒吧左輪手槍有場樂團表演，他看著阿德在黑而狹小的舞台上蹦蹦跳跳，穿破球鞋踩效果器，總覺得這個二十一世紀的 Guitar Hero，若能再努力一點，應該能去到更遠的地方吧。難道他打算這樣在左輪尬台週六晚上的表演，一路到三十幾歲？

嘴上說不想像阿德一樣，或許僅只是因為嫉妒他彈得一手好琴吧。阿德的那場演出後，阿尼便飛到紐約進修接案子，但是疫情爆發後，兩人各自接下的巡演工作都因故取消。阿尼閒著沒事做，除了用遠距繼續做那支捷運動畫的案子，就是整天坐地鐵到布魯克林的舊唱片行逛唱片，在餐廳紛紛關閉的中國城路上閒逛。他沒問也知道，阿德大概又回到了頹廢的宅男生活，每天提著燒臘便當到三角公園看YouTube，隨隨便便地教琴糊口。

阿尼對自己說，如果他沒去紐約，現在也會在地下室跟阿德乾瞪眼吃便當。沒說的是，不管去不去紐約，他大概都不能像阿德一樣自由地彈琴了。

*

阿尼想起出國前，他在東區的一間牙醫診所洗牙、做例行檢查。護理師替他照了X光，他躺上診療椅，醫生把藍白發光的X光照片放大秀在頭頂的螢幕上。他看見自己的牙齒像某種球根，一條條長在半透明而光滑的牙床上，排列成某種不太穩固的半月形。

「這邊看起來有點擠。」醫生用沒打開蓋子的藍筆在後排的臼齒周圍畫圈，「應該是智齒要出來了。」

醫生把戴著矽膠手套的手突地塞進阿尼嘴裡，像鑿礦一樣大力摳牙齦。

「這裡會腫喔，是不是最近咀嚼時有痠痛的感覺？」

阿尼皺了下眉頭，這麼一說好像有點。醫生說從X光的狀況看來，智齒應該是要橫著長出來、抵到旁邊的臼齒了。建議在長出來開始痛前趕快拔掉，叫他這幾天感受一下牙齒狀況，隨時可以打電話預約拔牙。雖然要打麻醉、需要幾天癒合時間，但拔了智齒就一勞永逸了。

洗完牙後的那幾天，阿尼覺得智齒的位置突然開始腫脹，他查遍網路上各種拔智齒的心得文，仔細確認自己的感覺是否符合拔智齒經驗者的描述，有一瞬間他總覺得自己的身體好陌生，所以自己身上的痛或者感知的一切，其實可能是必須斬除的？阿尼感到恐慌，離開台北、智齒長歪的理由，都不在社會教給他的基本常識裡頭。而世上除了自己，沒有人能區辨命運與選擇的差別、美學與工學的比重。

他深怕犯錯，不願錯過一點進步的機會，所以他最後拔了智齒，並果決離開了練團室裡與阿德埋首彈琴的世界。

*

「喔！真的回來了啊？」打開鐵門，阿德坐在櫃檯旁的IKEA沙發上。沙發換了個紅色椅套，阿德倒還穿著同一件「拍謝少年」的黑色T恤。

「老師好久不見！」櫃檯妹妹探出頭來迎接，聲音裡多了一種充滿生氣的自信。

他吞了口口水，忍不住舔了舔智齒該長的位置，密合的牙齦使他心安，地下室感受不到時間的流逝，他差點以為自己從沒離開台北。阿尼想說恭喜發新歌、好久不見、最近怎麼樣啊，頓了幾秒，最後只吐出一個字：「琴。」

「啊，對對對，那把琴前幾天大掃除時被清出來，我才想起應該是老師的。」

櫃檯妹妹轉進左邊的那間練團室，那是阿德和阿尼從前共用的房間。那裡的音場特別好，吉他solo音都不會糊在一起。他瞥見阿德那把破爛的YAMAHA新手琴掛在琴架上頭，還插著電。相較之下，櫃檯妹妹從琴袋裡拿出的、他的玳瑁色Gibson les Paul簡直在發亮。

「哎呀，就這樣把好琴丟在台北，我看你是放棄當Guitar Hero了齁？」阿德站起身來，示意他一起進練團室。巧拼墊和吸音海綿包覆住所有移動的雜音，阿尼彷彿回到紐約、卡在故障電鐵的車廂裡。他從櫃檯妹妹手中接過沉重的琴，有些生疏地扯開一條導線，為Gibson插上電。

「去紐約遇見洪申豪了嗎？」阿德打趣說道，「來，給我們複習一下阿尼老師的琴聲吧。」

他閉起眼睛，試著抓住腦袋裡的第一個畫面。阿尼看見阿德的手指，在琴弦上撥弄噪音搖滾的旋律，空氣裡的灰塵隨著琴弦震動而跳舞，灰塵飄出地下室，來到金山南路上、和菸蒂一起掉進路邊的水溝裡，那股暗流將灰燼帶往一個沒有名字的地方，那裡聽得見捷運的轟隆巨響、電扶梯運轉的聲音、刷卡機的提示音。阿尼覺得一切都是計算好的，但計算好的聲音只有在隨機的時刻才能聽見。

03／莉莉

「可是，莉莉是會回台北的吧。」

莉莉腳邊的隅田川把時間默不作聲地沖走了，○○：○○過去，新的一日從天墜落，手裡那瓶STRONG ZERO上結的水珠甚至還沒滑落。她討厭FUJI說話總拿「可是」當開頭，多麼日本人的語法。

「回台北然後呢？你難道覺得我在這裡的時間是可以輕易被取代的？我走了，那FUJI呢？」

「可是，昨天你在東京的工作已經正式結束了呀。沒有人可以要求別人為自己留下來……」

FUJI口中的「昨天」，指的是幾個小時前、事務所同事為莉莉舉辦的送別會。腦中時間會隨標準時間自動換日，是FUJI另一個令人困惑的習慣。莉莉呼出一口溫暖的白霧。她將櫻花折斷的樹枝沿拋物線丟入隅田川，花蕊和高樓頂端的警示燈同樣桃紅，河面、夜空與時間變成了一條液態的圍巾，緊緊勒住了城市的頸子。

「是今天。」

「嗯？」

「今天還沒結束。」

莎蒂在碰到水面的那刻熄滅，人在非常孤單的時刻，可以在堤畔聽到如撲火飛蛾那樣、火光熄滅的滋滋聲。

*

莉莉在白色的單人床上醒來。

睜開眼第一件事，她從被窩裡掏出左臂，手背上花花綠綠畫著一些記號，正中間畫了三個正字標記，最右邊那個正字缺了一撇。十四天已經結束了。數著筆畫的時候，方才夢裡的情景瞬間顯得模糊。夜晚的記憶波光般抖動著，偶爾映著幾個歪斜的形體，FUJI、鋁罐、東京的夜空，那好像已經是非常久遠的事情了。人體的角質層每十四天會完成一次更新，這意味著莉莉的身體在即將展開的今天，已經完全褪去了與東京的一切接觸。

赤腳走進浴室褪去睡衣，打開蓮蓬頭，莉莉的身體沐浴在恆溫四十度的熱水中。過去兩週，時間、距離、風雨與晝夜皆不存在。然而她相信房間就是身體，儘管能不動如山，卻沒有什麼是真正不變的。離開浴室前，她把虎口上的塗鴉仔細用熱水沖掉。拉開浴簾，空調使她哆嗦著清醒了。

*

莉莉有很多無處安放的興趣，花藝、陶藝、插畫、瑜伽，這些嗜好帶著她去過許多地方、遇見許多不同的人。她是土生土長的台北人，長大懂事後多數的記憶卻在國外。並非她崇洋媚外，而是身邊的人總對她說，「以莉的領域看來不適合被困在台灣。」莉莉從沒煩惱過出路，只是乖乖照著人們的建議四處工作，便順利地在職涯上獲得成就：從美國的藝術大學學成歸國後，她經校友介紹開始上陶藝教室，並在那裡認識了前份工作的藝廊老闆；老闆見她語文能力不錯，便把她派到各地的藝廊做台灣窗口，於是莉莉認識了一個經營進口藝術品的客人；她進了客人的設計公司，開始負責與日本花藝師合作的企畫案。做了半年多，老闆推薦她外派日本，與東京某知名花藝師的事務所學習日式花藝，回台灣後開拓台日合作的市場。「我們需要能持續吸收新知識的員工，」老闆與她商談，「我覺得你的適應能力好、學習力也很強，是個可塑之才。」

陶藝老師曾跟她說「陶土是有記憶的」，燒出的陶器會顯現每一道手捏過的痕跡，土不能過度揉捏添水，否則莉莉感覺自己還是塊睡在抹布下的土，她好奇若經歷了時間的高溫燒烤，至今去過的地方、談過的話最後會呈現怎樣的釉色。

她期待自己成為一只瓷器，為人所用的一天。

*

與FUJI相遇時，莉莉彷彿找到屬於自己的顏色與形狀。她是容器、FUJI是荊棘布滿的柳枝。時空是穿梭在他們之間的水流，架起一處暫時的居場所。

在東京第一次見到FUJI，是在業界的一個陶器展售會上。新宿大都會酒店的大會場裡，FUJI在無光的舞台上安靜插一盆柳枝。當透明的西裝男子手持名片、在台前探頭探腦覬覦檯面上那只彎月型蒼白的碟子，她出神看著FUJI用指尖在空氣中堆疊出一個全新的三維宇宙。往後FUJI告訴她青苔色澤、枝條粗細與枝椏間的協調，決定出一枝花周圍的空間，而三角形是它們心中最靠近宇宙的形狀：交會處存在於兩人之外一處不可測的消失點。

莉莉在FUJI的世界裡感到一種並非台北或東京的全新維度，他並不全然沉浸於此地，而總是保持著些許不必也無從侵犯的空間。然而他們對東京的憧憬是共同的：FUJI體現東京的有機複合，從本州南方的田園懷著美術夢上京讀藝大，掙扎著在這座亮麗的城市裡偽裝成厲害的普通人。他們都愛那部千禧年爆紅的老漫畫《蜂蜜幸運草》：裡頭精靈般的女主角小育就是莉莉，除了美術對生活一無所知；而FUJI是神出鬼沒的森田學長，未曾真正涉入校園、半隻腳已經踏入職場。

同樣做為一個東京都會裡的透明人，他們能在居酒屋、電車、中華料理店小聲對話著關於未來的想像，以及與環境的格格不入。對話從都心隨著地鐵蔓延，直到莉莉位於江東區的小公寓。他們坐在隅田川邊一座五角形的橋下小酌，路邊長滿未盛開的櫻花樹，他們用掉落的枝葉當作片斷的話語，循著三角形搭出一座乾柴的高塔。

莉莉說她害怕東京終究是一場夢，每過完一天，自己的模樣便在這座城市裡消失一點點。

「所有人最後都會離開，」當莉莉談及未來、關於台灣的家裡凌亂的小陽台，FUJI總是安靜地如此回應：「即便現在深陷夢中，你還有可以回去的地方。東京不是任何人的家、沒有必要存在的崗位。」FUJI的工作是做個透明的園丁，將城市裝飾以截斷的花草。

他們一起看著隅田川河岸上藍白的燈火，每個人都是孤獨星球上，《小王子》裡的點燈人。早安，晚安。日子的反覆使他們感到安全，卻日益趨近失散的恐懼。

「就算沒有什麼是永遠的，也不必因此而拒絕生活吧？」莉莉談到他們可以一起回到台北，或者就這樣在東京待下來。他們需要的只有固化的土、剪下的花草，離開樂園的事物照樣能建起一座拼裝花園。

FUJI只說，花藝是以結束為前提的美，透過線條創造幾何世界裡虛擬的世界。來到東京的人們如花如葉，失了根的枝桿只能吸吮固定質量的水。所以折下的花與燒過的土，便不能再被塑形成其他形狀了。

而當瘟疫的消息炮竹花那樣綻放，莉莉的工作檔期結束，FUJI留在隅田川邊，莉莉一個人匆匆回到台北。他們在河岸用枯枝堆疊的棚屋從未被引火燃燒。坐在回台北的紅眼班機上，莉莉想起登上新宿都廳、眺望東京的夜晚。街燈如安靜的煙火在黑色的土地上綻放，點綴成細長條的金鏈子。城市非水風火，而是人與地交媾成的花土，而花是短暫、土是永恆，兩者皆是時間的產物，沒有開始，也沒有盡頭。

只看黑夜裡足下的流金街道，莉莉覺得生活就是時間的裂縫，若少去FUJI，台北與東京或許沒什麼不同。

*

可是今天還沒結束。

莉莉慢慢感受腳掌踩在粗糙的地毯上，身體回到了白色恆溫的房間，窗邊擺著一盆人造纖維做成的玫瑰花，她感到自在。手機響了，宅配公司告知她行李今天下午會送回租屋處，莉莉決定在回家路上為自己買一只新的馬克杯。

南海路上有間隱密的古物店，那裡的小巷很像東京目黑一帶的住宅區，房子矮矮斜斜地長著，歪斜的平房間穿插著幾棟乳白的小公寓。莉莉很喜歡那一區的東京，那裡的人看來並不如都心來得那樣透明。她曾跟FUJI去過中目黑的一間古董店，莉莉挑了一只青綠色喇叭型的瓷花瓶，FUJI在車站前的花店買了一束洋甘菊替她插在家裡的餐桌上，那曾是他們最接近真實的一刻，只是離開前，莉莉選擇把花瓶與生活留在退租的空屋裡。

今天的她想為自己買一只新的瓷器。

羅斯福路幹線沿著北市歪斜的地段，開向中正紀念堂捷運站。莉莉下了車，看見印著北捷標示的圍籬後，舊南門市場被夷為平地。背側麵店的後門向大街裸露著，煮麵的婦人消失在鍋子的蒸氣裡，騎樓下用紅色塑膠籃擺著滿滿的高麗菜葉，旁邊躺著一條橘色的塑膠水管。莉莉輕聲跨過管子裡流出的汩汩冰水，深入西南邊的區域。

時間是星期天的下午三點，巷子裡的人家靜悄悄地，桃紅色的九重葛安靜吞噬著公寓的鐵窗，花叢間有拍棉被的聲音。台北城南的顏色確實和東京的無機感相仿，以灰白、米棕色為底，不過觀葉植物與雜草從建築與地面的縫隙源源噴發，蒼白的巷弄裡，綠葉上的無數顆葉綠體如恆星，安靜而熱絡地運作著。

*

目的地的古物店就在榕樹下的Y字路口，垂掛的氣根成為店門前的珠簾，恆定的綠色使莉莉感到平靜。她在這間古物店買過不少已經拋棄的東西：包括大學時期衝動買下的一張木頭椅子、一本不知名的報紙剪貼、幾張印著大稻埕老照片的幻燈片。

今天古物店的門口貼著一張「搬家前大拍賣」的紅紙。

「店裡所有的東西都半價，」戴五邊形眼鏡的老闆從椅子堆後面走出來迎接莉莉，「不確定有沒有在賣的東西可以問我。」

莉莉問了放瓷器的位置，老闆領著她穿越樹根和堆疊的五斗櫃，指向牆邊一座書架。

既然是古物店，店裡所有的東西當然都是舊的。「可是舊的只要易主，也可以是新的。重要的是記得它們從哪裡來。」第一次從店裡搬走一張椅子時，老闆告訴莉莉，自己記得店裡每一樣東西的來源與故事：「喜歡的古物，是因為它們提醒我空間裡的一切都與我們相關。」

如果每件物品都代表著一個人，那個房間就是時間本身，裡頭站滿了來自各地的人。」

莉莉有時也好奇捏出每只所經手的瓷器的，是怎樣的一雙手。想著陶瓷，她便想起雙手、手臂、直到手臂的主人。形體在她腦海像繡球花那樣一圈圈開起來了，她拿起一只肉色且凹凸不均的馬克杯，杯子的重量在手心下沉，像副冰涼的器官。莉莉的眼前浮現FUJI的模樣、中目黑、他們沒能買走的杯盤，以及被留在東京的青色花瓶。

FUJI說沒有什麼是不變的，換句話說，改變是無法遏止的，如同花瓶裡的花草，動了一毫米就成了截然不同的風景。接受恆動卻拒絕擁有，或許莉莉在東京尋找的，確實是FUJI這樣如水般流動的存在，可一旦日久風景生根冒芽，她終究想將生活的泥揉成陶土、燒成一只能喝水澆花的杯子。

「我想問，之後會搬到哪邊去呢？」莉莉決定買走肉色的杯子，結帳時順口問道。

「其實也還沒找到地點，大概先找個地方把剩下的東西收著，總有天另闢新處吧。」老闆用幾年前的舊報紙替她把杯子整齊包了起來。

「這樣啊，」她想著回到住處後杯子在桌上的模樣，稍微想起了家的樣子。

「後來我發現重要的不是往哪裡去，而是從哪裡來。」

莉莉捧著那只杯子走向日光通透的街角，回過頭時店門已經隱匿在視線的消失點，通往門的位置是一掊土，上面長著一株碩大的過溝菜蕨。

然而今天還沒有結束。

# 靜寂的一年

我的二〇二〇年隨著金馬影展的一場放映結束了。十一月二十二日晚上九點四十分，信義威秀放映《靜寂的鼓手》（*The Sound of Metal*），講一個因職業傷害而失去聽力的重金屬鼓手，如何抵抗世界的改變、試圖找回喧囂中的秩序。

「接下來的兩個禮拜，你將進入完全的靜寂。」

由於是一部講述聽覺的片子，片中設計了各種高低頻率的配音、金屬撞擊聲、劇中角色的生活音。而在電影後半段，男主角魯賓完成電子耳植入手術、等待機器啓用的兩個星期，整部片更切斷了所有音源。由喧囂轉為靜寂，深夜的影廳裡既無光明也無聲，彷彿被關在一台尚未被讀取的黑盒子裡。深度的安靜使人坐立難安，靜寂中出現一道尖銳的高頻刮過耳際。原來聲音也有殘影，我第一次有了想從影廳奪門而出的衝動。

電影中失聰的魯賓一直期待著啓動電子耳、重新聽見世界的那一瞬間。只要把聽力「修好」，便能回到旅行拖車裡，與兼任樂團搭檔的女友，重新拾起對世界的憤怒、敲打銅鈸在街頭巷尾製造無限噪音。狂躁是活著的證明，因此失聰與死亡無異，魯賓再也不是他自己。

我想起那年認真讀完的第一本書：薩拉馬戈的《盲目》。

感官與世界是如此的息息相關，只要奪去曾經習以為常的一者，生活似乎便應聲崩塌。《靜寂的鼓手》切斷聽力，薩拉馬戈則奪去角色的視覺，讓讀者眼睜睜看著這些盲目的活人如何相殘、相殺、相愛然後死去，才發現原來存在的東西並不一定看得見，在失序的世界裡，瘟疫與災禍使人兵荒馬亂，然而生命自會轉譯出一套新的語言。「看見」或者「聽見」並非永恆、也並非不可逆，生活有了守則以後，終將摸出秩序。

聽來勸世，可是有人仍禁不住要問：「那麼，我們還能回到原本的世界嗎？」

別傻了，《牯嶺街少年殺人事件》小明說完「我就跟這個世界一樣，是不會變的」，便倒在血泊中死了。世界是會死的，死了又活了。在《盲目》的結尾，當蔓延全世界的眼疾毫無前兆地痊癒時，唯一免疫的女人卻瞎眼了。《靜寂的鼓手》裡，在魯賓打開電子耳的瞬間，流入腦中的是破碎刺耳的電子雜訊。主角感到困惑，故事就快要結束了，世界難道不該送我回到最初的地方嗎？專治失聰的女醫師委婉道來：「你得明白，你已經完全失去聽力了。這些電子機械只能振動耳膜，在腦中製造一種類似聽覺的假象。你所聽見的一切聲音都不是真的，也永遠不能成真了。」

難道我們得先承認作者已死，故事才能活？話倒也不是這麼說的。只是記憶是一層層油墨錯綜的描圖紙，隨著堆疊造就一只輕盈完滿的鉛球，它在日記本裡盪呀盪的，敲破一堵牆、再碾出一扇窗，這棟屋舍就是你的身體，房間是靈魂的容器，有毒的水銀測量著生命的高度，卻總是質量守恆。

你會因為所遇到的每一個人、每一件事而點滴成為另一個自己。好惡無從控制，無常即是有膽。接受不斷變化的自己，不去怨懟曾經敲擊的噪音，持續觀看，但不要妄下評論。通常來說，愈是想奪門而出的電影，在看完時愈有悵然若失的滿足。

好比十一月二十二日的半夜，當我走出電影院，影展人員列隊向散場群眾說，「我們明天見！」前往明天的路上，你我不會再看見彼此的臉。如果只有今天有幸擦肩，也不必追究在人海中誰拿著刀、誰拿著綠蘋果。停下來，深吸一口氣，感謝那些迎面而來的，以及轉身而去的，他們都成為了你的一部分。

# 人生整理術

農曆年時看網路新聞，聽說 Netflix《怦然心動的人生整理魔法》那個丟東西不手軟的斷捨離女王近藤麻理惠，自從結婚生了三個小孩後「家裡變得很亂，有點放棄整理」。那篇網路新聞摘自華盛頓郵報，原文標題是「近藤麻理惠的人生變得比較亂，而她覺得沒關係」。麻里惠在專訪裡說，有了孩子後，家裡隨時保持整潔有點太不實際，她想把時間留下來陪陪孩子（話雖如此，她表示自己現在更注重生活小細節，買純棉睡衣、按顏色整理拼貼本、一天泡三次茶保持內心平靜）。

看到這篇文章標題時，我大笑三分鐘，笑到眼淚流出來，內心莫名浮現勝利感，馬上轉傳到我家三人的聊天室群組說，你們看吧，人家都不整理了。

爸媽曾有一陣子很沉迷看《怦然心動》，特別在我數週只回家露臉半天的大學時期。無法天天催我整理房間，看別人痛哭流涕丟東西也很療癒。不知他們是否練就了人生整理魔法，但面對我成年後才來的反抗期，他們從不曾說過誰准你把家裡當飯店這種老梗台詞，只會不厭其煩逮住我溜進家門的瞬間，先聲奪人表示：「床單都是灰塵我幫你換了，櫃子明天起床自己擦一擦。」明知家人的體貼，但在氣焰正盛時，房間被嫌髒聽起來簡直像人身攻擊。是我房間裡的收藏很髒嗎？那寶貝這些收藏的我不也很髒？我無限腦補、小題大作，一聲不吭鑽進香香的被窩裡偷哭，枕頭沒有臭臭口水的地方不是我的家。

我自以為我不是不整理，是凡走過要留下痕跡。從小到大做為一個小廢物囤積狂，我很常被唸「邋遢／髒」。除了扭蛋、徽章、便利商店Hello Kitty磁鐵、兒童餐附贈玩偶，我還鍾情蒐集紙片印刷物。舉凡上課紙條、模擬考題本，甚至高中暗戀的學長在補習班傳單上刊的段考滿分心得，統統裝箱當作人生史料。我正方形的房間裡，只有留一面用來靠床的牆，那面牆也被我貼得密密麻麻，用來當作實體版的心智圖。最底下用幼稚園時的拍立得黏成一個圓，圓周再貼一圈旅行各地蒐集的海報明信片，留白處貼上各種報章雜誌的拼貼和句子，串連紙片之間的關聯。在房間讀書寫字時，我只要望著牆上的拼貼發呆，就能鮮活地想起每張紙之間的關聯，寫出好多故事。

這面牆我從高中開始妝點，隨著腦中奇怪的知識增加，上頭字跡就愈複雜凌亂。我那擅長透過讀字來讀心的父母，雖然讀不到我的日記，經過這面塗鴉牆時看見來路不明的符號，自然會有點擔心。上大學後每次回家，我爸偶爾會來房間串門子說，啊你要不要整理一下牆，都褪色了。但我對「整理」的認知是「恢復到某狀態」，而我沒有什麼要修復的，自然也不懂有什麼好整理。

想來他們提示我要「整理」，可能是因為看著這房間物換星移，爸媽已察覺了我身心的某種異變。我家從來就只有很緊密的三個人，互相靠著背看著外面。若有誰突然暫離，小小的空間就會塌縮，把剩下兩個人困在一條孤單的線上。以前我很珍惜這樣的互信，但到了十八歲想出外走看的年紀，相愛的家庭卻成了包袱，心裡沒有空間容納其他人。大學時我談了第一段轟轟烈烈的感情，懶得整理房間，索性一走了之。雖然沒離開台北市，我偏把手機關機、買床新棉被。那些依然重要但拿著太久的東西，就堆在家裡占一個空間。

離家的過程是漸進式的，像月亮用同一張臉繞著地球一圈又一圈，不確定地球人會否接受沒有光的那一面，所以緩慢地偷偷走遠。很長一段時間我跟家人不再交談，只用冗長的訊息爭執。他們並不習慣與我廝混同居的新夥伴，但也無法勸我回家。回想起來，其實我爸媽並不曾有意把我的愛人當敵人，他們只擔心對方是否能像他們一樣愛我。但我則是一心忙著打扮漂亮，將第一次的自己全部奉上，效仿爸媽無條件地愛他，跟他建立屬於我們的地方。

媽媽有很久不曾與我擁抱。記得有次爭吵後，她對我說，媽媽覺得你變成了一個我不認識的人。她好像說中了我的不安，無論在哪張床上，我不知道被愛被擁抱的，究竟是原本的自己還是他人眼中的投影。

每次長大一點，我都大幅更改自己的人設。我的第一場戀愛很像是一個虛擬世界，場景就是我們共同租下的房間。我沉浸投入所有，讓感官被拼裝重組。我們日夜顛倒、不上課不吃飯，既然語言有點不通，那身體要為對方一直存在。就算有過一些開了又闔的小傷口，睡一覺也會忘記哪裡痛。我總是以為自己有義務要保護那個空間的安好。直到有天短暫探出水面，才發現對方的心早已去到另個地方，久不曾回到這個家。

後面的許多事發生得快又淺，主要在處理外宿處將到期的租約。我和對方談開決定分手時，房東剛好來訊息，說短期內要把這間雅房賣掉，替女兒籌美國大學的學費。基本上那個家後來只剩我，所以我得沒日沒夜地丟東西，想辦法讓那間房間裡的東西全部都消失。我按清潔隊排程每天搬不同的資源回收、賣掉所有書櫃椅子和檯燈，大學課本和衣物也全都送走。除此之外還要不定期看門，放房東帶人進來看房子。我窩在沙發上滑手機，盡量不要發出聲音。看他們鞋子都沒脫地在房裡走走，四處敲敲看隔音好不好，說哪些地方要打掉。看到撕掉海報後留下殘膠的白牆，房東才突然想起似地轉頭對我說，這個牆壁要重漆會扣你押金兩千塊。啊，好笨，貼上去的時候我完全沒考慮過有天都要撕下來。

能夠拆開來回收的東西都還好，錢能解決的都是小事，只是有些東西我真的不知該怎麼丟：棉被枕頭、大塊保麗龍，好幾罐忘記還沒用完又重買的清潔劑。還有一些不規則形狀的、背著同居人使用的小東西，有電的銳利的丸型的，當時急著拿到手中卻不容易脫手。我把它們全都裝進一個黑色有蓋的垃圾桶裡擱在牆角。

還租屋處鑰匙的前一天，房裡東西已經清得差不多，沒有可以坐或躺的地方，只剩下牆角那箱還沒丟的雜物，安靜堆在那看著我。我一鼓作氣就提著它下樓，黑色箱子只有一個塑膠把手，提得手掌全是勒痕。那時是平日的正午，大安區的鄰居都在上班上課，我走了兩個捷運站，拐進一個暗巷，當把手終於斷掉，我心跳加速，把它抱起來靠在牆上。它好重，但因為很小所以沒有臭味也沒有聲音。移動它的時候，手指沾上了撒出來的一些亮片。我趕快頭也不回走出去，巷子外是萬里無雲的正午，我在和平東路的天橋底下等了一個長長的紅綠燈，跨過這條斑馬線之後，已經忘記那個箱子裡裝了什麼。

丟完這些東西，無處可歸的我終於久違地回家去了。回家的那天是放學時間，路上有很多揹著書包的小朋友。我沒有事先傳訊息跟家裡說，卻剛好在巷口遇見下樓倒垃圾的爸爸。他一下子沒看到我，眼神跟著垃圾袋一同甩出，幾秒後才落在我身上。他順手接過我的大包小包，見面第一句話還是：「床單都是灰自己拆下來換一換。」有點潔癖的爸爸幫忙開了熱水，我心懷感激地洗了一個很長的熱水澡。

離開很久，我這一邊的房間也沒什麼變，用來喝水的馬克杯因為沒有汙漬，水乾掉了就原樣擺在書桌上。唯一的變動是床頭那面牆，牆上的拼貼被拆光了。我邊用毛巾擦頭髮，邊端詳我爸像蒐證那樣、整齊分類排列在地的紙片。多年不見的白牆反射出刺眼的暮光，用立可白細心修補的壁癌處還閃閃發光。奇異的是圖像沒有消失、只是移位，我已經忘記它們之間的關聯，房間裡有什麼東西散逸了。我爸走進來說，從這裡給你一個新的開始。我當下很想把他踹飛，但也沒力氣出腳，畢竟人家還用掉一大罐碧麗珠幫我擦牆。好歹讓我拍張照片吧，我心想，雖然拍了不會洗出來也不會看。

我媽聽說我終於回家了，特地提早下班，提著一大鍋雞湯補品回來修理我。一邊喝著加紅棗的蓮藕雞湯，我流著鼻涕向大人坦白自己好像生病了，好久沒有躺下來睡覺。雖然奇怪的藥已經吃了好陣子，根本原因大概是腸躁和免疫系統失調。但身為獨生女的好處，就是有喊痛這張免死金牌。一喊全家都跑來幫我呼呼，同仇敵愾數落對方的不好。我媽媽心疼流淚，打電話向她媽媽哭訴。我阿媽聽完，隔晚突然來訪，神祕兮兮從腰包掏出一個信封。

「我們家妹妹最乖，她只是出去不小心碰到東西，我們讓那個東西走掉就沒事了。」(我那習佛道多年的魔法阿媽說話很像收驚，講話開頭都要叫我一聲妹妹，主詞動詞受詞完整，雖然從幾年前開始，她們私底下都用佛地魔的綽號稱呼我的對象)。她把信封裡的東西一樣樣拿出來交給我，裡面是一張黃色的符和七片樹葉：「阿媽有跟菩薩交代過了，菩薩給你一張符，你照這幾個步驟做，試試看可不可以睡好覺。」

這個儀式的原理，簡而言之是「把體內不好的東西蒐集起來燒掉」。雖然我完全不覺得過去有什麼不好，但大概就像分手後要拆牆、刪照片，這是個整理心靈的方法。其做法非常有趣：首先要採集七片曬飽日光的榕樹葉子(榕樹生命力旺盛，自古就是民間避邪植物)，然後正反面交錯、在床單上排成一列。抄著《易經》的符，則要在入夜前燒製成符水。人喝了符水後，在榕樹葉上睡一晚，葉子就會在睡夢中回收心魔。

那晚我媽把我洗得熱熱、小心塞進被窩。葉脈壓在我的背脊上，像七根小小的脊椎。可能是心裡想著神祇的保佑，我躺在床上很快入眠。睡得快又很沉，回到另一個房間的另一張床，那裡有另一根抵著我的脊椎，長著一具與我骨骼相仿的身體。我想起，當初就是他的雙手擁抱我，帶我認識我身上的受器。我被睡得軟軟，翻出好多皺摺、彈出不知名的開關，一摁就流出千萬種花蜜。他說怎麼樣，感覺不錯吧，試過你就會知道可以。我不知從何謝起，他比我更懂得展開這具凌亂的身體，但是打開過的要如何收起？我不知道怎麼整理身體的訊號，睡夢裡每個翻身都像在說可以，反正眼睛閉閉，最後都會皆大歡喜。我手裡沒有利器，於是用手裡的樹葉將他緊緊包裹。靈魂從縫隙裡掙脫開來，發現那床被窩剩下身體的形狀，感覺不到身體的潮汐，是因很久沒有睜眼確認日夜分界，忘了遊戲外自己的時間。

醒來是下午，我爸叫我去洗澡。浴室裡放了一盆冷熱調和的陰陽水，讓我浸泡睡過一晚的七片樹葉。據說如此一來，象徵心魔的葉子就能與靈魂的水相互分離。浸過水的葉子，要拿去樓下丟棄在路上，讓附在上頭的東西離開。阿嬤交代我，丟了樹葉就不能回頭，要直直走回家，在日光消失前用那盆陰陽水泡澡。如此意識就會回到身體裡，完成了這次的整理。

泡在溫溫的水裡，我想像那七片樹葉搬空了心室裡的所有行李，揀選除塵、再一一排列整齊。我久違地觀察自己的身體，輕輕地按摩髖部，碰碰那些敏感的孔隙，感覺重要的事物不會消失，只是移動了位置。

我想起塔羅牌有一張卡叫「節制」（Temperance），牌上是一位站在水邊的天使，在將一只聖杯裡的水倒向另一杯。無論在器皿或天地間，水都不會停止流動。或許就像房間裡淨空的那面牆，故事已無法退回某個版本，但今天我的身體依然在這裡，反射著傍晚橘色的日光。

房間可以凌亂、牆壁可以塗鴉，心有餘力時，我再整理。

# 致謝

謝謝爸爸贈我一雙能寫字的手、媽媽賜我一雙能讀書的眼睛。如果我能愛任何人，那都是多虧他們愛我在先。

這份書稿在台北倫敦繞了兩圈。感謝子菁小姐慷慨回饋初胚、引薦我到有鹿文化。

多虧主編彥如的耐心編輯與熱紅酒，一同從無到有雕塑這本書。

也謝謝設計師佳璘、封面繪者高妍，為這本書賦予美好的形體。

籌備《明天》的四年間，無數文壇前輩為我引路、給予建言，書外再逐一謝過。我先將一本寄到天琴座給LYRA，附上字條：お待たせ！

謝謝親愛的朋友們對我莫名有信心。特別是替我看星盤的林冠廷，要我趁良辰吉時再寫一本。

也謝謝書外照顧我的典、侯昀、2N，無論人生有幾輪，都想一起在地下街紫地毯上吃蒟蒻丸；也謝謝我在倫敦的家人芊，在我家的冰箱常備便當菜。

謝謝光同學和我一起長大，在創作路上給予最忠懇的閱聽、扶持和滷肉飯。

淺堤有句歌詞寫：「在離開你的路上，常感覺你對我的影響力。」

從前一起生活過的人，共有的領悟我會永遠珍惜。

謝謝新店廖先生，在找不到節奏的日子教我辨認塊狀的時間。

也要謝謝我自己。寫下來之前，先活看看吧！多有趣的宇宙呀。

我愛你、我愛你、我愛你。

明天還能見到你嗎

看世界的方法 242

You only live once and once and once.

作者 —— 許瞳

封面繪製 —— 高妍
裝幀設計 —— 吳佳璘
責任編輯 —— 施彥如

董事長 —— 林明燕
副董事長 —— 林良珀
藝術總監 —— 黃寶萍

社長 —— 許悔之
總編輯 —— 林煜幃
副總編輯 —— 施彥如
美術主編 —— 吳佳璘
主編 —— 魏于婷
行政助理 —— 陳芃妤

策略顧問 —— 黃惠美・郭旭原
郭思敏・郭孟君
顧問 —— 施昇輝・林志隆
張佳雯・謝恩仁
法律顧問 —— 國際通商法律事務所
邵瓊慧律師

出版 —— 有鹿文化事業有限公司｜台北市大安區信義路三段106號10樓之4
T. 02-2700-8388｜F. 02-2700-8178｜www.uniqueroute.com
M. service@uniqueroute.com

製版印刷 —— 沐春行銷創意有限公司

總經銷 —— 紅螞蟻圖書有限公司｜台北市內湖區舊宗路二段121巷19號
T. 02-2795-3656｜F. 02-2795-4100｜www.e-redant.com

ISBN —— 978-626-7262-38-2
初版 —— 2023年10月

定價 —— 420元




明天還能見到你嗎 / 許瞳著 —初版. — 臺北市：有鹿文化 2023.10. 面；（看世界的方法；242）

ISBN 978-626-7262-38-2(平裝)　863.55………………………112014016